OS INSONES

TONY BELLOTTO

Os insones

1ª reimpressão

COMPANHIA DAS LETRAS

Copyright © 2007 by Tony Bellotto

Capa e foto de capa
Christiano Menezes

Preparação
Maria Cecília Caropreso

Revisão
Ana Maria Barbosa
Otacílio Nunes

Os personagens e as situações desta obra são reais apenas no universo da ficção; não se referem a pessoas e fatos concretos, e sobre eles não emitem opinião.

Dados Internacionais de Catalogação na Publicação (CIP)
(Câmara Brasileira do Livro, SP, Brasil)

    Bellotto, Tony
    Os insones / Tony Bellotto. — São Paulo : Companhia das Letras, 2007.

    ISBN 978-85-359-1094-0

    1. Romance brasileiro I. Título.

07-6542   CDD-869.93

Índice para catálogo sistemático:
1. Romances : Literatura brasileira   869.93

[2007]
Todos os direitos desta edição reservados à
EDITORA SCHWARCZ LTDA.
Rua Bandeira Paulista 702 cj. 32
04532-002 – São Paulo – SP
Telefone (11) 3707-3500
Fax (11) 3707-3501
www.companhiadasletras.com.br

Para Marcelo Fromer, em memória

A liberdade é como a manhã. Alguns a esperam dormindo, porém alguns acordam e caminham à noite para alcançá-la. Eu digo que os zapatistas somos os viciados em insônia que desesperam a história.

Subcomandante Marcos

Os que foram para a metrópole caíram num deserto.

Pepe Kalle

I.

1

No futuro ele vai invadir a cidade.
Por enquanto é só paisagem: mar, mar, mar. Do outro lado, pensou, a África. Olhou em torno, o quarto era pequeno. Colchão, mesa, duas cadeiras, livros e CDs espalhados, CD-player, mochila, garrafinhas d'água e uma janela. Lá fora gente falando, rádio ligado, cachorro latindo e o esgoto aberto. Como se a África estivesse ali mesmo. Uma velha subia os degraus acompanhada de um garotinho preto. Luger cromada enfiada dentro da bermuda vermelha, o garoto percebeu que era observado.
Ok, estava feito o contato.
Desviou o olhar além das lajes de concreto: oceano cobalto, céu azul e um emaranhado de nuvens de cimento flutuando no horizonte.
A ironia é que a melhor paisagem é privilégio dos mais miseráveis.
E daí?, pensou.

E daí? Qual a utilidade da paisagem? Ou da ironia?
Colocou no CD-player um rap cubano.
Yo lo que quiero es/ que no me toquen/ yo lo que quiero es...
Decidiu exercitar os músculos numa tentativa de diminuir a ansiedade. Abriu espaço no chão, empurrando livros, e iniciou uma série de flexões. Não percebeu quando abriram a porta.
De perto a arma na cintura do garoto parecia maior.

2

De olhos fechados, Renato Pellegrini sentia os dedos melados de óleo de eucalipto subirem lentamente em direção à virilha. Ainda havia joelhos e coxas a percorrer, a massagista terminara o trabalho nos pés e começava a manusear sem pressa a panturrilha esquerda. Música new-age soava ao fundo, hipnótica. Um perfume de eucalipto pairava entre lembranças desconexas e o aconchego escurinho da sala de massagem do spa do hotel Plaza Athenée, em Paris. Renato pensava agora em Mônica caminhando pela avenue Montaigne e olhando a si mesma refletida na vitrine de uma loja. Ela dividiria a atenção entre o vestido caríssimo e a imagem do próprio corpo. Lamentaria o infortúnio dos centímetros extras acumulados nas laterais do abdome. Então manifestou-se a dor terrível e Renato imaginou um punhal rompendo vértebras.
As imagens se dissiparam de repente.
Uma hérnia de disco implodira a viagem de férias.
Dois dias antes, durante o vôo São Paulo–Paris, apesar do conforto da poltrona da classe executiva, Renato percebera o primeiro sintoma, uma dor aguda e persistente na região lombar. No dia seguinte, ao cumprir seu ritual pessoal de passear pelo boulevard Saint-Gérmain, sentiu a perna arder como se nervos e ossos

se consumissem num incêndio. De madrugada experimentou o que interpretou como dor de parto caso tivesse um útero nas costas. Mônica ofendeu-se sutilmente com a comparação, já que nunca tivera filhos, e sugeriu a Renato que perguntasse à ex-mulher, com quem ele tivera dois, o que doía mais: um parto ou uma crise de hérnia.

Ele preferiu ligar para o médico.

O dr. Pinsky sugeriu antiinflamatórios, repouso e consulta com um especialista em Paris. Talvez fosse necessária uma cirurgia, mas exames teriam de ser feitos para uma avaliação mais detalhada. Acabaram-se as férias, sentenciou, com o sadismo delicado que Renato reconhecia nos médicos. Elas nem sequer haviam começado. Como não cogitava submeter-se a uma cirurgia em terra estrangeira nem repousar numa cama que lhe custaria oitocentos euros por dia, preferiu marcar rapidamente o retorno ao Brasil. Poderiam embarcar naquela mesma noite, informou a agência de viagens. Mas Mônica não aceitou a idéia de voltar ao Brasil sem antes cumprir o seu próprio ritual pessoal: compras e compras nas lojas sofisticadas da avenue Montaigne e o tão esperado jantar no restaurante de Zhing Tao, o chef zen, cuja reserva havia sido feita com três meses de antecedência.

Três meses de antecedência para conseguir um lugar num restaurante? Que tipo de vida era aquela que ele estava levando, perguntou-se Renato Pellegrini, inebriado pelo cheiro do óleo de eucalipto e pela música new-age, que agora soava como água de cachoeira. A massagista ordenou que virasse de costas. Uma constatação acrescentou uma sombra de frustração à tarde de outono: ela não tocou em sua virilha.

Renato voltou ao quarto vestido com o roupão branco bordado com o brasão do Plaza Athenée. Deitou e ligou a TV num canal árabe. Um sujeito gordo berrava notas agudas em tom de lamento. A melodia conduziu-o a um estado confuso de autocomiseração e nostalgia. Mudou de canal. Na CNN um repórter americano transmitia notícias ao lado de uma mesquita, mas Renato não se concentrou no que ele dizia. Esquecera de pedir a Mônica que comprasse um CD de rock para Sofia e camisas de times franceses de futebol para Felipe. Da última vez que visitara os filhos, Felipe havia lhe mostrado a coleção de camisas esportivas que guardava no armário. Renato pensou no armário bagunçado do filho. O armário de Sofia era mais organizado, mas lembrar daqueles armários sempre deixava Renato melancólico, e ele não sabia explicar por quê. As divagações foram interrompidas pela chegada de Mônica, que entrou no quarto acompanhada por uma comitiva de nomes famosos estampados em sacolas coloridas. Ermenegildo Zegna, Stella McCartney, Giorgio Armani.

"Amor...", disse, franzindo os olhos numa careta misericordiosa. "Melhorou?"

"Não."

"E a massagem?"

"Mais ou menos. Não posso esquecer de levar umas camisas de futebol para o Felipe."

Mônica sorriu: "Já comprei. O vendedor me sugeriu Nice, Olympique de Lyon e Olympique de Marseille. Uma gracinha, ficou feliz de saber que eu era brasileira."

"Preciso levar um CD para a Sofia."

"Comprei um DVD ao vivo do U2", contou ela, orgulhosa de sua eficiência. "O vendedor da Virgin disse que acabou de ser lançado. Ele também foi muito gentil. Não sei por que falam que os franceses são antipáticos."

"Homens sempre são simpáticos com você."

Mônica ajoelhou-se sobre o marido, abriu o roupão que ele vestia e descortinou um pau quase duro. Gratidão. Inclinou-se para chupá-lo, o telefone tocou. Renato atendeu no momento em que a língua de Mônica tocava a glande: "Lílian?".

Mônica interrompeu o ato. O nome maldito: Lílian. Só mesmo uma ex-mulher para escolher com tanta precisão a hora de ligar.

"Tudo bem? Aconteceu alguma coisa?"

Enquanto Lílian falava, Mônica reparou na expressão preocupada de Renato.

"A Sofia? Como assim? Desde quando?"

"Aconteceu alguma coisa com a Sofia?", perguntou Mônica, aproximando-se de Renato e percebendo palidez em seu rosto.

3

O bimotor pousou com um tranco.

Levantou poeira da pista de terra batida. Urubus voaram de trás das folhagens. Perro Blanco estava ansioso. Quis levantar da poltrona, mas o piloto pediu que aguardasse o desligamento dos motores. Foi o primeiro a saltar e acendeu o cigarro logo que tocou os pés na terra vermelha. Diezpesos veio atrás carregando a sacola com amostras da mercadoria. Diezpesos era um garoto, quase uma criança ainda. Fazia calor. O carro estava estacionado próximo ao bimotor, como combinado. Perro Blanco não gostou da cara do motorista mulato.

Num país estranho tudo parece suspeito.

"Malhando?", perguntou o garoto da bermuda vermelha.

"Você não bate antes de entrar?", disse o outro, interrompendo as flexões.

"Que som é esse?"

"Rap cubano", respondeu, levantando do chão. "Orishas. Gosta?"

"Parece música de Carnaval. Gostei das trancinhas."

"São as raízes. Por que não deixa teu cabelo crescer? Preto fica bem de trança."

"Tu é gringo?", perguntou o garoto.

"Não. Descendente de escravos africanos. Como você."

"Tu é estranho."

"Por causa das tranças?"

"Não, o jeito de falar."

"Meu nome é Samora."

"Parece nome de mulher."

"É o nome de um líder político, um guerrilheiro que ajudou um país a conquistar a liberdade."

O garoto ficou quieto.

"Não vai dizer o nome, compadre?"

"Pelinha."

"Também parece nome de mulher. Chega mais, senta aí."

Samora sentou numa cadeira e indicou outra. Pelinha notou livros e CDs amontoados pelo cômodo. Antes de sentar, colocou a Luger cromada sobre a mesa, ao lado de um livro cujo título era *Império*.

"Veio de onde?", perguntou Pelinha.

"Leblon."

"Andam dizendo que tu é rico."

"Olha a minha riqueza aí", Samora apontou os livros e os CDs.

"Morava no asfalto, em apartamento de bacana. Tô sabendo."

"Morava no apartamento do meu padrasto. Ele sim é gringo. E rico."

"Africano?"

"Nada. Inglês, maior galego. Parece um coelho."

"Ele ficou pobre?"

"Está cada vez mais rico."

"Então tu veio pro morro fazer o quê, mané?"

"Viver a minha vida. Antes eu vivia a vida do coelho."
"Vivia a vida do teu padrasto?", o garoto riu.
"É."
"Melhor que viver a vida de um padrasto pobre."
"Nem sempre", afirmou Samora.
"Estão dizendo que tu é X9."
"Quem está dizendo?"
Pelinha olhou na direção do alto do morro. "A galera."
"Que galera?"
"A galera", repetiu.
"A Mara Maluca?"
O garoto não respondeu.
"Eu tenho cara de X9, Pelinha?"
"X9 não tem cara."
"Como é que eu faço pra dar uma idéia com a Mulher?"
"Quer o quê com ela?"
"Business."
"Pó?"
"Troca de informação."
"Já sei, tu é jornalista."
"Qual é, Pelinha? Já viu jornalista preto?"
"Tu é negão, mas fala como playboy."
"É porque já fui um branco rico. Não sou mais. Imagine um Michael Jackson ao contrário."
"Tu é estranho", constatou mais uma vez Pelinha. Levantou, guardou a arma na cintura. "Pra que tanto livro?"
"Pra exercitar a cabeça."
Samora tirou o CD dos Orishas do aparelho de som e deu de presente para Pelinha.
"Vê lá se a Mara Maluca topa me encontrar."
"Melhor trancar a porta", alertou o garoto antes de sair.

* * *

Renato contemplava a noite a onze mil metros de altura. Por mais rápido que se deslocasse, sentia-se imóvel. Lá fora a imensa gelatina negra englobava tudo.

"O senhor aceita água?", perguntou a aeromoça.

"Não, obrigado".

Tudo que queria era que a filha estivesse bem. Viva.

"Se precisar de alguma coisa é só chamar."

Precisava, mas não adiantaria chamar. A seu lado, Mônica dormia o sono pesado de calmantes. Notou um pouco de saliva alojada no canto da boca da esposa. Voltou no tempo, estava agora na praia de Ipanema dezesseis anos antes. Lílian passava bronzeador na barriga grávida. Naquele tempo não se usava protetor solar. Sofia, com três anos, brincava na areia mas se recusava a entrar na água. Morria de medo do mar. Sempre que Renato ia mergulhar a menina chorava. Lílian a abraçava e dizia que Sofia estava insegura com a chegada do irmão. Na verdade não havia ainda um irmão, apenas a idéia de um irmão envolvida por uma imensa e assustadora barriga movediça. Renato compreendia os temores de Sofia. Ele também tinha medo daquela barriga.

O avião balançou e trouxe Renato de volta ao presente. Zona de instabilidade. Apertem os cintos. E se a filha estivesse morta? Aquele era um pensamento insuportável. Agora perna e costas já não incomodavam tanto. Continuavam doloridas, mas como se estivessem anestesiadas. Era preciso encarar os fatos. Seqüestro? Talvez, é comum que seqüestradores demorem um tempo até entrar em contato com a família do seqüestrado. Estratégia comercial. Tudo bem, ele ganhava um bom salário na agência de publicidade, mas não se via como alvo de seqüestradores. Melhor que Sofia tivesse fugido de casa. Renato sabia que a filha passava pelas crises naturais da idade. Foi assim quando viajou a Porto Alegre para acompanhar o Fórum Social Mundial, meses antes. Lílian ligara reclamando com Renato que Sofia, sem sua permissão, havia embarcado num ônibus junto com um grupo de amigos do colégio para acampar em Porto Alegre e acompanhar as conferências do Fórum. Renato ouviu as reclamações da ex-mulher fingindo concordar, mas no fundo ficara orgulhoso da filha. Ele também já fora idealista num passado remoto, quando faltava às aulas para participar de manifestações contra a ditadura militar. Em Porto Alegre, durante o Fórum Social, Sofia telefonava sempre e atendia ao telefone toda vez que a mãe ligava. Agora o celular da menina não respondia às chamadas e ninguém sabia onde ela estava. A última vez em que foi vista, às quatro da tarde, tinha tomado um milk-shake de Ovomaltine com a amiga Fernanda numa lanchonete em Ipanema. Segundo Fernanda, as duas discutiram banalidades, trocaram fofocas, sem nenhuma grande revelação ou confissão por parte de Sofia. Tomaram o milk-shake, conversaram, se despediram. Depois Sofia desapareceu. A mãe esperou até a manhã do dia seguinte, sem notícias. Foi até a delegacia mais próxima, no Leblon, e o delegado de plantão disse que uma espera formal de algumas horas teria de ser respeitada até que Sofia fosse oficialmente considerada desaparecida. Caso se confirmasse o desaparecimento, o processo seria encaminhado a um departamento especializado, na delegacia de Homicídios. Até que a situação se definisse, o delegado tomou as medidas cabíveis. Registrou o depoimento de Lílian com uma descrição detalhada e uma foto de Sofia. Mandou que alguns investigadores tentassem localizar a menina. Delegacias, hospitais e necrotérios foram contatados.

Não a encontraram.

No telefonema da noite anterior em Paris, Renato teve vontade de dizer para Lílian: Viu? Não falei que a violência no Rio está um absurdo, que morar no Rio é como morar em Bagdá? Por que não deixou as crianças viverem comigo em São Paulo?

Mas não disse. Aquelas frases não trariam Sofia de volta. Sofia e Felipe nunca quiseram se mudar do Rio nas poucas vezes em que o pai lhes propôs a idéia. E ele nem havia proposto tantas vezes assim. São Paulo, afinal de contas, não é nenhuma Suíça.

4

Samora sentiu alguém tocar seu braço e abriu os olhos. Pelinha o cutucava. Atrás dele, um garoto branco com o cabelo descolorido e uma menina mulata de cabelo molhado.

Samora sentou no colchão e bocejou com a cara amassada.

"Esse é o Vaca", disse Pelinha. "Vai te levar até a Mara Maluca."

Vaca não tinha mais que dezessete anos. Bermuda jeans, camiseta preta sem manga, tênis Reebok. Uma Mauser e um Motorola na cintura. O cabelo impregnado de sal marinho.

"E eu sou a Chayene."

Quinze, dezesseis anos. A camisetinha branca e a minissaia azul não escondiam as gordurinhas da barriga e das coxas. Os chinelos deixavam à mostra unhas pintadas de vermelho e preto, alternadamente. Ela deu dois beijinhos no rosto de Samora.

"'Bora ver a Mara Maluca, mané", disse Pelinha. "Levanta, tá de bode?"

"Peguei no sono. Que horas são?"

"Passa das cinco", disse Chayene. "Daqui a pouco escurece". Ela olhou pela janela. "Parou de chover. Maior lama lá em cima. O lixo está descendo. É o tsunami brasileiro. Vem de cima pra baixo. Não tem por onde escapar."

Vaca olhava os livros empilhados. Samora levantou do colchão.

"Esperem um minuto, vou escovar os dentes."

"Não precisa disso tudo pra ver a Maluca", disse Chayene. "Ela não liga pra mau hálito."

Pelinha e Vaca riram. Samora fechou a porta do banheiro. Quando saiu, viu que os três olhavam os CDs. Chayene pegou um CD do Bob Marley, *Natty Dread*.

"Pode ficar com ele", disse Samora. "É teu."

"É mesmo?", ela deu um olhar rápido e cúmplice para Pelinha. Depois olhou para Samora: "Tu é sangue".

Samora dirigiu-se a Vaca: "E você? Quer levar algum? Pode escolher".

"Quero nada não."

"Então vamos. Estou pronto", disse Samora.

Os três ficaram parados, olhando para ele. Samora não entendeu o impasse. Vaca se aproximou: "Pegou alguma coisa no banheiro?".

"Alguma coisa?"

"Um berro."

"Tá de sacanagem? E eu lá vou pegar berro pra encontrar a Mara Maluca?"

"Microfone? Microcâmera? Levanta o braço", disse Vaca.

Samora deixou que o garoto com o cabelo descolorido o revistasse.

"Eu entendo a desconfiança", disse Samora, "mas vocês vão ter que abrir a cabeça se quiserem sair dessa vida de merda."

Sentiu a mão de Vaca apertar seu tornozelo.

"Eu não tenho uma vida de merda", disse Chayene.

"Tem certeza?", perguntou Samora.

"Eu falei que ele era estranho", disse Pelinha.

"'Bora", disse Vaca. "A Maluca está esperando."

O motorista mulato era um homem bom. O problema de Perro Blanco é que não confiava em pretos, mas aquele era um sentimento inconfessável. Perro Blanco sabia que negros eram os índios da

África. Entendia que foram escravizados por invasores e que formavam uma parte importante da imensa horda de explorados da América. Ainda assim não confiava nos crioulos. Era algo que não conseguia controlar. O motorista estacionou o carro e Perro Blanco olhou pela janela. Acendeu o cigarro. Um vilarejo fodido como um povoado colombiano. Perro Blanco imaginava a América Ibérica como um pântano imenso cheio de cadáveres boiando na lama.

"Chegamos", disse o mulato.

Não dava para chamar aquilo de rodoviária. Uma calçada suja ao lado de um mercado em que ônibus faziam paradas rápidas rumo a outro lugar qualquer. O motorista entregou os bilhetes para Perro Blanco e Diezpesos e disse: "Boa sorte".

Perro Blanco e Diezpesos saltaram do carro. Perro Blanco estava nervoso.

Samora não tinha se aventurado tão longe nas poucas vezes em que caminhara por ali. À medida que ele e Vaca subiam o morro, escasseavam casas e barracos. Lá em cima havia cabras pastando e um homem grisalho e musculoso com uma AR-15 pendurada no ombro. Seu apelido era Jorge Clunei. Ele dirigiu-se a Vaca: "Segura aí, a Maluca está no microondas".

Samora viu uma laje de concreto por trás de arbustos e supôs que fosse a tampa de uma enorme caixa-d'água desativada. O microondas.

"Aí, trouxe o gringo", disse Vaca, apontando para Samora. Este notou que o homem com a metralhadora evitava encará-lo.

"Eu não sou gringo", disse Samora.

"Mas parece", afirmou Vaca. "Quer que a gente volte depois?"

"Segura", disse Jorge Clunei.

Uma voz feminina soou de dentro da caixa-d'água. Jorge Clunei moveu a laje de concreto. Mara Maluca apareceu: dezenove anos de idade — aparentava mais —, magra, cabelo curto, meio mulata, meio índia. Samora gostava de gente assim, misturada. Meio homem, meio mulher. Meio feia, meio bonita. Expressão dura, rosto marcado. Camisa branca de manga curta aberta até a metade, os peitos pequenos quase aparecendo. Cordão dourado no pescoço. Calça jeans, tênis Nike e um Rolex no pulso. Duas Sig-sauers douradas enfiadas na cintura.

"Ó o gringo aí", disse Vaca, subserviente, um pouco nervoso. "Ele tá limpo."

Mara Maluca olhou para Samora. Olhar firme. Depois para Vaca: "Tá em casa".

Vaca saiu cuidando para não escorregar na lama. Mara Maluca e Samora caminharam pelo platô e pararam no topo de uma escarpa. Escurecia. Olharam a cidade. Morros envoltos por nuvens.

"Já viu coisa mais linda?", perguntou Mara Maluca. "É tudo meu."

Samora não tinha tanta certeza. Mara Maluca abriu um sorriso de dentes tortos: "Minha paisagem".

"Faz o quê com essa paisagem toda?"

"Eu olho. Não é pra isso que serve?"

"E vive entocada nesse mato, sem poder descer lá pra baixo?"

"Descer pra quê, se tenho tudo aqui?"

"Tudo?"

"O que não tenho, mando subir. Me falaram que tu queria fazer negócio."

"Estou sabendo que você vai receber a visita de um colombiano."

Mara Maluca ficou quieta.

"Sei que você negocia com as Farcs", prosseguiu Samora.

"Quem disse?"

"As pessoas comentam."

"Quem comenta?"

"A galera. O importante é que eu posso ajudar."

"Como?"

"Conheço uns esquemas. Podem render uma grana boa. Contatos."

"Contatos? Quer entrar no meu lucro assim, na moral?"

"Não quero nada teu."

"Vai me dar informação em troca de quê, bacana?"

"Quero conhecer o combatente das Farcs."

"Pra quê? Pegar autógrafo?"

"Estou falando sério, irmã."

"Não sou irmã de ninguém."

"Estou pedindo um favor, pago com informação quente. Eu tenho um sonho. Quero mudar o mundo."

"Como é mesmo o teu nome?"

"Samora."

"Nome estranho. Estou perdendo tempo contigo. Playboy crioulo querendo brincar de bandido não dá. Ainda mais com um nome desse. Sou chefe de organização. Não tenho tempo pra isso."

"Samora é o nome de um guerreiro que libertou um país. Samora Machel. Eu não quero brincar de bandido, quero fazer uma revolução."

"Sou da paz, brother."

"Mas vive na guerra."

"Se pudesse, não vivia. Se quisesse guerra, me alistava no exército. Ia defender o país. Os gringos estão loucos pra invadir a Amazônia."

"O Brasil já está na mão dos gringos. Eu quero entrar em contato com as Farcs, aprender com eles."

"Aprender o quê? Aqui não tem escola."

Mara Maluca apontou um edifício de concreto armado, uma escola abandonada.

"A que tinha virou point de cheirar crack."

Samora olhou para o enorme esqueleto de cimento.

Mara Maluca tirou uma das Sig-sauers da cintura: "Aqui é o inferno de cabeça pra baixo".

"Inferno", disse Samora, "cada um tem o seu."

"É mesmo? Quer conhecer o meu?"

Mara Maluca pressionou o cano da pistola contra o nariz de Samora: "Quer?".

"Eu não tenho medo", respondeu Samora, olhando nos olhos dela.

Permaneceram imóveis por alguns segundos. Mara Maluca continuou cutucando o nariz de Samora com o cano da automática.

"Nariz de crioulo é macio. Teu nariz é macio, Gringo."

"Meu nome é Samora."

"Era."

Mara Maluca baixou a arma: "De agora em diante tu é o Gringo. Vem comigo".

Foram até a caixa-d'água. Jorge Clunei moveu a tampa de concreto e Samora e Mara Maluca entraram. Era um cubículo abafado fedendo a suor e urina. O microondas. Havia no ar um outro cheiro, mais sutil, que Samora não distinguiu. Sangue. Os olhos de Samora demoraram a se acostumar à escuridão, apesar da lâmpada acesa que pendia do teto. Havia dois jovens armados e um sujeito deitado no chão. Era um homem negro beirando os quarenta, com *dread-locks*, as tranças grossas e encardidas dos *rastamen* jamaicanos. Ele sangrava e tinha hematomas no rosto e no pescoço. Vestia apenas uma bermuda jeans desbotada.

"Estuprador", disse Mara Maluca. "Merda de cachorro vale mais."

O sujeito, olhos vermelhos e inchados, virou a cabeça na direção de Samora e Mara Maluca. Ela entregou uma das pistolas douradas para Samora.

Sorriu: "Mata ele, Gringo".

5

Lia o *Diário de Che na Bolívia* como quem consulta um oráculo. Esforçava-se para manter-se alerta. A resposta ao seu dilema poderia aparecer de repente, no meio de uma frase.

A dois dias de sua execução Che Guevara acende um charuto. Acampado no interior da Bolívia, ainda lhe restam alguns puros trazidos de Havana. Está preocupado. Há notícias de que soldados vasculham a região em seu encalço. Anota em seu diário, em 7 de outubro de 1967: *"Uma velha pastoreando suas cabras entrou no vale em que estávamos acampados e tive que prendê-la. A mulher não deu nenhuma notícia confiável sobre os soldados. Sua resposta a tudo era que não sabia, que há muito não passava por ali"*.

Interrompeu a leitura. Tinha sono, mas não conseguia dormir. Sensação de confinamento e ansiedade. Como Che Guevara na Bolívia. Checou o grande relógio pendurado no vão do terminal rodoviário da cidade de São Paulo. Dezenove horas e quarenta e sete minutos. A noite seria longa, o primeiro telefonema só poderia ser feito depois das sete da manhã. Olhou em volta, gente andando de um lado para o outro. Uma senhora gorda sentada num banco fazia palavras cruzadas. Um vagabundo cochilava. Uma voz mecânica e feminina anunciava as partidas dos ônibus.

Na tarde de 8 de outubro de 1967, Che Guevara é capturado com os guerrilheiros que o acompanham. É provável que nunca tenha sabido, mas não foi a velha pastora de cabras quem o denunciou ao exército boliviano, e sim um camponês que na manhã daquele dia avistara os guerrilheiros passando pela plantação de batatas em que trabalhava. Che, ferido na perna e sofrendo de uma crise de asma, é levado pelos soldados até o vilarejo de La Higuera.

Desconcentrou-se novamente da leitura. Quanto tempo agüentaria ficar por ali? Era preciso decidir o que fazer. Talvez a resposta não estivesse no diário de Che Guevara, mas nas linhas do metrô paulistano. Guardou o livro na sacola. Caminhou em direção ao túnel que leva à estação Tietê.

Andando rápido, sem olhar para os lados.

Samora entrou em casa e viu que os CDs e o CD-player tinham sido roubados. Não se importou. Deitou e ficou olhando o teto. Alguém bateu na porta.

"Entra."

Chayene levou um susto: "O que aconteceu aqui?".

Ela tinha trocado de roupa. Em vez da camisetinha branca e da minissaia azul, um vestido preto justo. Mas a sandália era a mesma, unhas pretas e vermelhas à mostra.

"Alguém roubou meus CDs. Entraram quando eu saí."

"Parece que tu não ligou muito. Ou ficou tão chocado que está assim, meio besteirão."

Samora riu: "Eu não ligo".

"Não liga porque pode comprar outros."

"Não é por isso que eu não ligo."

Chayene sentou numa cadeira. Samora viu de relance a calcinha preta.

"Como foi lá em cima com a Maluca?"

"Estranho."

"Conseguiu trocar uma idéia com ela?"

"Ela não tem muita idéia pra trocar."

"Queria o quê? Especialidade de bandido não é trocar idéia."

Samora não disse nada.

"Tu tá esquisito."

"Cansado, só isso."

"Gosta de teatro?"
"Prefiro música."
"Roubaram tua música. Levanta daí. 'Bora ver meu ensaio."
"Ensaio de quê?"
"Eu faço teatro, bocó."
"Você é atriz?"
Chayene ficou em pé: "Eu sou uma gaivota".
Foram até um galpão no sopé do morro perto de uma avenida movimentada. Associação dos Moradores do Morro. Chayene apresentou Samora aos integrantes do grupo de teatro. Meninas e rapazes entre dezesseis e vinte e poucos anos. O professor Humberto, um sujeito muito preto e magro, trinta anos, cabelo curtinho e óculos de grau, disse: "Senta aí, Samora, assiste o nosso ensaio. Estamos trabalhando numa adaptação livre da *Gaivota* do Tchecov".

Samora sentou no chão, encostado à parede. Os atores e o professor Humberto sentaram-se no meio do salão, formando uma roda.

Humberto abriu um caderno grande: "Nina e Trepliov, vamos começar da cena da gaivota, no segundo ato".

Chayene e Ivan — um rapaz um pouco mais velho que ela — ficaram em pé e se dirigiram ao centro da roda. Os outros atores fizeram silêncio.

Chayene respirou fundo e empostou a voz: "*O que significa isso?*".

"*Hoje cometi a infâmia de matar essa gaivota. Eu a deponho aos seus pés.*"

Ivan colocou uma gaivota imaginária aos pés de Chayene. Ela pegou a gaivota.

"*Mas o que deu no senhor?*"
"*Em breve, desse mesmo modo, eu vou me matar.*"

As palavras de Tchecov conduziram Samora a outro lugar: o alto do morro. A imagem do estuprador rastafári com olhar suplicante, Samora fazendo força para não se deixar envolver por aquele olhar, tentando apenas segurar a arma com firmeza. Só isso. Segurar a Sig-sauer sem tremer. E então o disparo, o som seco do estampido e o olhar vazio do homem morto. Um silêncio rápido seguido das congratulações de Mara Maluca e dos homens de seu bando. Agora ele era um deles. O Gringo. Aquilo não foi fácil. Desde que decidira encarar seu destino, todas as atitudes tinham sido difíceis. Sair de casa foi só a primeira delas. Pensou em Sofia. Não queria ter pensado, mas pensou.

6

Renato finalmente conseguiu pegar no sono. Estava dentro do avião, mas sonhou que andava pela rua e via um avião passar voando baixinho. Um homem-tronco em cima de um skate se aproximou dele. O homem não tinha pernas e seu tronco se sustentava diretamente na prancha de madeira. Deslocava-se com movimentos decididos dos braços, como se nadasse. As mãos tocavam o chão alternadamente, impulsionando o skate. Ele usava luvas de couro preto que cobriam os dedos até a metade. Luvas de piloto de Fórmula 1. Um homem-tronco de luvas sobre um skate. Ele sorriu para Renato e disse: "Tudo certo, patrão?".

Dentes enormes e estragados escancarados ao sol.

"Não. Minha filha sumiu."

"A *gaivota* é uma das obras-primas do teatro universal", disse o professor Humberto, "mas na estréia, na Rússia..."

"Caraca!", disse Chayene. "Já passa das três!"

Estavam com Samora e alguns atores numa cyberbirosca na subida do morro.

"O que importa a hora, Chayene? Estou falando de Tchecov!", alegou Humberto, meio alto de cerveja.

"Então fala logo que eu preciso ir embora", disse Chayene.

"Na estréia a peça foi vaiada pelo público. A crítica achou uma merda. Deu tudo errado."

"Aí, professor", perguntou Ivan, "por que os atores falam *merda* uns pros outros antes de entrar em cena?"

"É uma tradição. Uma forma de espantar o azar."

"Vou compor o rap da merda", disse Ivan.

"Adorei aqueles raps que vocês inventaram", observou Samora.

Humberto tirou os óculos e limpou as lentes com um guardanapo de papel.

"Só mesmo um maluco como eu para introduzir rap em Tchecov", gabou-se.

"Introduzir o quê?", perguntou Chayene.

"Ei, a idéia do rap foi minha", disse Ivan. Começou a fazer com a boca sons que imitavam ritmos eletrônicos que acompanham raps. Chayene cantou um rap inspirado em falas de sua personagem: *"Por que você disse que beijava, beijava a terra em que eu pisava? O certo seria me assassinar!"*.

"*Me assassinar!*", responderam em coro os outros atores.

"*Estou tão esgotada!*", prosseguiu Chayene, "*tão esgotada! Quem me dera poder descansar...*"

"*Descansar!*", gritou o coro.

"*Eu sou uma gaivota! Eu sou uma gaivota!*", entoou Chayene, seguida pelo coro: "*Uma gaivota! Uma gaivota!*".

"*Eu sou uma gaivota! Não, não é isso: eu sou uma gaivota não! Eu sou uma atriz, é isso! Uma atriz, é isso!*"

Aplausos gerais.

"Ei, olha o barulho!", alertou a dona da birosca, uma mulata de cabelo raspado que vestia uma camiseta do Vasco da Gama.

"Desculpe", disse Humberto. "O Tchecov excitou a galera."
A mulher sorriu.

"Você conhece a Gláucia, Samora? Ela é escritora, poeta e historiadora oficial do morro. Gláucia Corcovado. Sabe de tudo que acontece por aqui."

Samora percebeu que o olho esquerdo de Gláucia não se mexia. Era um olho de vidro.

"O que você escreve?", perguntou Samora.

"Histórias da Montanha Nevada. Nas minhas histórias o morro é uma montanha nevada. A neve é o pó."

"Gostaria de ler."

"Não tenho nada publicado. Nenhuma editora se interessou. Dizem que é muito violento. E é mesmo. Mas você pode ler algumas histórias no meu blog, embora as melhores estejam guardadas no meu caderno. Venha aqui numa outra hora. Eu te mostro meu caderno e te conto como perdi o olho."

Gláucia sorriu. Samora tentou sorrir.

Um rasta cambaleante passou pela porta e fez sinal para Gláucia. Ele tinha vários colares de contas coloridas pendurados no pescoço magro. Sob os colares, uma cicatriz de quelóides roxas esculpia uma interrogação na pele preta, do peito até a barriga. Gláucia foi até a cozinha, pegou um prato de comida coberto por um pano quadriculado e o entregou ao rasta. Ele saiu andando com o prato na mão. Samora sentiu um arrepio ao ver aquele homem. Parecia o sujeito que tinha matado à tarde.

"Gente, preciso ir embora, é sério", disse Chayene.

"A saideira!", ordenou o professor à dona da birosca.

Gláucia colocou mais uma cerveja sobre a mesinha já ocupada por várias garrafas vazias. Três sujeitos sem camisa se aproximaram da porta. Estavam armados com pistolas automáticas e rádios de comunicação. Traziam as camisetas enroladas nos rostos e não podiam ser identificados.

"Olha o Gringo aí", disse um deles, um rapaz comprido. Usava um boné vermelho com a palavra *Cristo* bordada em amarelo. Os atores ficaram em silêncio. Samora reconheceu aquele que falava como um dos homens do bando de Mara Maluca. O Anjo.

"Servidos?", perguntou Samora indicando a garrafa de cerveja.

Samora percebeu desconforto entre os atores, quietos de repente. Gláucia Corcovado, de trás do balcão, observava. O olho de vidro incomodava Samora. Parecia estar sempre olhando para ele.

"Se beber, fico zoado", disse o Anjo. "Bebida é do mal, Gringo. Desorienta as idéias. Precisando de alguma coisa?"

Chayene se adiantou: "Só dos CDs e do aparelho de som que roubaram da casa dele".

"Deixa quieto", disse Samora.

"Qual foi, Gringo?"

"Deixa quieto", insistiu Samora.

Os bandidos foram embora. Os atores, aos poucos, voltaram a conversar, agora num tom mais comedido. O professor Humberto aproximou o rosto de Samora: "Você é gente boa. Cuidado com esses caras. São soldados do tráfico".

Samora sentiu o hálito azedo de cerveja.

"Não sou tão bom assim."

"Você não é do crime." Humberto apontou discretamente para os atores, que conversavam. "Esses meninos só têm duas salvações na vida, o esporte ou a arte. Se forem contar com a educação que o Estado devia garantir, estão fodidos. Como sou um perna-de-pau da porra, e não posso ensinar futebol, faço minha parte ensinando teatro. Vão continuar pobres, mas serão mais conscientes. Talvez escapem do crime."

"A arte não vai salvar ninguém aqui", disse Samora.

"Pode ser. Mas eu tento."

"Samora", interrompeu Chayene, "'bora me levar pra casa!"

"Não quer que eu te leve?", perguntou o professor Humberto.
"Hoje o Samora me leva, professor. Ele precisa conhecer as quebradas do morro", disse com um sorriso sacana.

Renato foi acordado pela aeromoça. O avião se preparava para aterrissar. Faria uma escala em São Paulo, no aeroporto de Guarulhos, antes de se dirigir a seu destino final, o Rio de Janeiro. Logo que o avião pousou, Renato ligou o celular e telefonou para Lílian.
"Alguma novidade?"
Nenhuma. Sofia continuava desaparecida.
Mônica ajeitou o cabelo e pegou a mala de mão. Perguntou mais uma vez se ele tinha mesmo certeza de que queria ir sozinho para o Rio. Renato disse que sim. Os dois se despediram com um longo abraço. Mônica falou que rezaria para que Sofia aparecesse logo, insistiu que ele a mantivesse informada e foi embora, contrariada. Preferia ter ficado ao lado do marido naquele momento difícil. Renato e os outros passageiros a caminho do Rio permaneceram no avião. Mulheres vestidas de branco entraram e começaram a fazer a limpeza da aeronave. Renato imaginou-se na UTI de um hospital. Através da janela olhou para a pista do aeroporto. Ainda não amanhecera. Luzes de Guarulhos ao fundo, uma névoa envolvendo as silhuetas dos prédios. Pegou o celular, mas desistiu de ligar novamente para Lílian. Desligou o aparelho com a esperança de que quando voltasse a ligá-lo no Rio encontraria uma mensagem redentora no visor: Sofia apareceu, foi tudo um engano. Estava numa rave, desacordada. Muito ecstasy, bebida, sabe como são os jovens...
Renato sentiu uma pressão no peito, mas era como se a dor estivesse em outro lugar, num espaço fora de seu corpo. A pontada intermitente nas costas, o formigamento na perna, a azia terrível. Pela primeira vez em muito tempo não se sentia indiferente.

* * *

A manhã já se anunciava. Algumas pessoas caminhavam para baixo, na direção do asfalto. Chayene conduzia Samora por ruelas que ele não conhecia.

"Que história é essa de Gringo?"

"Dizem que meu nome é complicado."

"Eu gosto de Samora."

"Se querem me chamar de Gringo, tudo certo."

"O que rolou lá em cima?"

"Conheci a Mara Maluca, conversamos um pouco, só isso."

"Ouvi dizer que a Maluca esquartejou um *estrupador*."

"Es*tupra*dor", corrigiu Samora.

"Dá na mesma. Fatiaram o vagabundo e deram pros porcos comer. Bem feito. A Mara Maluca é casca-grossa. É por isso que os homens respeitam. Uma mulher, pra ganhar a confiança dos homens, tem que ser mais macho que eles. Acho que era pra Maluca ter nascido homem. Às vezes até Deus erra."

"Deus não existe, Chayene. Os homens é que erram. Você não devia ter contado que roubaram meus CDs."

"Não quer eles de volta, mané?"

"Vai ver foram eles mesmos que roubaram."

"Traficante não precisa roubar CD. E a Maluca não gosta de assalto no morro. Nem assalto nem violência sexual."

"Só venda de drogas. E alimentar porcos com carne humana."

"O Pelinha tem razão. Tu é estranho", disse Chayene. Ela parou diante de um lance de escadas: "Deus existe, sim".

7

Passou a noite deslocando-se de uma estação a outra no metrô de São Paulo, lendo o *Diário de Che na Bolívia*. De vez em quando observava discretamente os demais passageiros. Tinha esperança de que lhe enviassem — ainda que não tivessem consciência — sinais do que deveria ser feito. Um homem tossindo, uma criança chorando, duas adolescentes de cabelo azul conversando. Os mensageiros do destino. Qualquer atitude poderia ser interpretada como um aviso. Peraí, aquele cabelo azul. Era preciso entender a linguagem sutil da sorte. Como uma antena receptora. Ou um analista de sistemas. Talvez fosse uma boa idéia. Pintar o cabelo de azul. Talvez.

Cochilou.

De madrugada voltou ao ponto onde tudo começara, o terminal rodoviário do Tietê. Agora faltava pouco para o telefonema. Depois procuraria um salão de beleza nas imediações e pintaria o cabelo de azul. Che Guevara entrou disfarçado na Bolívia. Quem visse Ernesto Guevara — com a identidade falsa de Adolfo Mena González — careca, grisalho nas têmporas, usando óculos, jamais o reconheceria. Se na época Che tivesse pintado o cabelo de azul, com certeza chamaria a atenção. Riu. Os tempos eram outros. Agora o cabelo azul ajudaria a manter seu rosto incógnito. No amplo saguão sentou no mesmo banco que ocupara durante o dia. Àquela hora pouca gente circulava por ali. Uma faxineira da prefeitura varria o chão. Trocaram um olhar. Era urgente que pintasse logo o cabelo, mas antes tinha de esperar pelo momento do telefonema. Abriu o livro. Talvez ajudasse a matar o tempo.

Ao sair da alfândega no Aeroporto Internacional Maestro Antônio Carlos Jobim, no Rio de Janeiro, Renato deu de cara com a ex-mulher. Teve a impressão de estar vendo Lílian pela primeira vez depois de muitos anos, o que não era verdade, ele a encontrara alguns meses antes. Mas não prestara muita atenção nela nas últimas vezes em que estivera no Rio. Lílian estava mais abatida, magra e nervosa do que da última vez em que a vira. Estava mais bonita também. Abraçaram-se e ela começou a chorar. Renato apertou-a com força e esperou que se acalmasse.

"Não precisava, é muito cedo, eu pegava um táxi", ele disse.

"Eu não agüentava mais ficar em casa esperando. Estou ficando maluca."

"Nenhuma novidade?"

Ele não esperou a resposta: "E se alguém ligar?".

"A Velma já chegou em casa, está grudada no telefone, eu trouxe o celular, qualquer coisa ela me liga. Eu precisava sair um pouco."

Foram até o estacionamento do aeroporto, onde Lílian deixara o carro. Renato viu algumas mudas de plantas no porta-malas. As ferramentas de trabalho de uma paisagista.

"A Mônica não veio?", Lílian perguntou enquanto conduzia o carro pela Ilha do Governador.

"Preferi que ela ficasse em São Paulo organizando algumas coisas pra mim. Se a Sofia...", Renato procurou uma palavra.

"O quê?"

"Se a Sofia demorar pra aparecer, a Mônica vem."

Lílian ensaiou mais um choro, mas se controlou: "Sei".

"A Mônica mandou um beijo pra você."

"Incrível, a Sofia precisou sumir para ela me mandar um beijo."

"Isso te surpreende?"

"Sim."

"Pois eu acho tudo muito previsível."

"Como sempre, Renato. É a tua cara dizer isso."

"Ei, não vamos começar um diálogo de ex-casados."

"Por que não? Nós somos ex-casados. Estou arrasada."

Pegaram a Linha Vermelha em direção à zona sul da cidade. Passaram pela favela da Maré.

"Às vezes penso que ela pode estar numa favela, presa num quartinho escuro", disse Lílian.

"O que a polícia acha?"

"Não dá pra saber com certeza. Eles desconfiam que ela fugiu de casa. Acontece muito."

"Tomara que ela tenha fugido. Tomara que a Sofia me odeie e tenha feito isso só pra me agredir. Espero que ela esteja bem. Sabe do que eu lembrei na viagem? De quando a gente ia à praia, você grávida do Felipe, e a Sofia morria de medo que eu entrasse na água."

"A Sofia não te odeia. Acho que foi seqüestro. Engraçado você ficar lembrando de quando eu estava grávida do Felipe. Faz tanto tempo."

"Às vezes eu lembro. Com tanta gente rica por aí, por que iriam seqüestrar a Sofia?"

"Eles seqüestram qualquer um."

"Antigamente só os ricos eram seqüestrados."

"Não seqüestram gente de classe média em São Paulo? Estou arrasada, Renato."

"Eu também."

Renato olhou na direção do centro da cidade, viu ao longe a Baía de Guanabara, os prédios e as montanhas.

"Ela pode ter fugido", disse.

"Eu e a Sofia temos diálogo", rebateu Lílian. "Ela não faria uma coisa dessas comigo. Não ia fugir."

"Adolescentes às vezes fazem loucuras por amor."

"A Sofia não é mais uma adolescente."

"Dezenove anos? É o quê? Uma mulher madura?"

"A Sofia não faz loucuras. Ela é diferente de você. Ela sabe o que quer. É uma menina pragmática."

"O que quer dizer isso? Que ela não se apaixona?"

"Claro que se apaixona. Ela namorou um colega de sala, o Rafael. Garoto bom, filho de um advogado e de uma professora do colégio. Mas depois de um tempo ela acabou enjoando, deu o fora nele, sabe, o garoto já estava virando da família, dormindo lá em casa, assistindo novela junto com a gente."

"Dormindo com a Sofia?"

"Claro."

"Onde?"

"No quarto dela. Onde você acha que eles iam dormir?"

"Você já conversou com esse rapaz depois que a Sofia desapareceu?"

"Eu conversei com todos os amigos e amigas dela. Namorados, ex-namorados, ficantes, paqueras. Todos. Conversei com os professores do colégio, com o professor de inglês, de violão, de ioga... Conversei com o porteiro do prédio, com os bedéis da escola, com o jornaleiro da esquina, com todo mundo que você pode imaginar. Ninguém sabe o que aconteceu com a Sofia."

"E se ela estiver grávida?"

"De onde você tirou isso, Renato?"

"Acontece, não acontece?"

"Se a Sofia estivesse grávida, falaria comigo. E eu te ligaria pra pedir dinheiro. O que você ganha na agência ainda dá pra pagar um aborto, não dá?"

"Acho que fiquei muito tempo afastado."

"Você nem imagina o quanto."

Chegaram ao apartamento de Lílian, em Ipanema. Velma, a empregada, abriu a porta. Renato sentiu o cheiro familiar. Flores e fluidos corporais da ex-mulher e dos filhos. Vasos de plantas em todos os cantos da sala.

"Tudo bem, doutor?"

"Tudo mal, Velma. E você?"

"Horrível. O senhor quer comer alguma coisa? Já tomou café?"

"Obrigado. Só um cafezinho, por favor."

"Alguém ligou?", perguntou Lílian.

"Gente querendo saber notícia. Nada importante."

Velma foi para a cozinha preparar o café. Renato deixou a mala no chão e sentou no sofá. As costas doíam. Levou uma das mãos à lombar e crispou o rosto numa careta de dor.

"Nem perguntei das tuas costas", disse Lílian. "Conheço uma massagista ótima."

"Depois."

"Você quer ficar aqui em casa? No quarto do Felipe tem uma cama extra. Ou então no quarto da Sofia."

"Não. Vou para o hotel."

"Mesmo?"

"Fico mais à vontade."

"Tudo bem. Mas espere até a hora do almoço. O Felipe chega do colégio lá pelo meio-dia. Nossa reunião na polícia está marcada para as três. Por que você não deita no sofá e dorme um pouco?"

"Não consigo."

Velma trouxe os cafezinhos.

"Não quer um biscoito, um pão com manteiga?", perguntou Lílian.

"Eu quero ver o quarto da Sofia."

As políticas de Álvaro Uribe fizeram com que Perro Blanco se arriscasse naquela viagem. Deixara a Colômbia num bimotor fretado pelas Forças e atravessara a selva amazônica e boa parte daquele país imenso como um continente. Depois de várias escalas para reabastecimento, voando em ziguezague, entrando e saindo do espaço aéreo brasileiro para despistar os radares, o avião pousou numa pista clandestina na região norte do estado do Espírito Santo. As rotas tradicionais, via Paraguai e Mato Grosso do Sul, estavam sob vigilância intensa da Interpol e da Polícia Federal. Os pilotos de caça da aviação brasileira estavam armados e autorizados a atirar contra aeronaves detectadas em vôos clandestinos. Agora Perro Blanco e Diezpesos seguiam de ônibus até o Rio de Janeiro levando uma pequena amostra da mercadoria. Perro Blanco também levava na cabeça planos e propostas de intercâmbio e cooperação. De ônibus estariam menos expostos do que se viajassem de carro. Os comandantes organizaram a viagem. Diziam que era importante firmar um acordo permanente com os traficantes do Rio. Perro Blanco não concordava com aquele tipo de operação por considerá-la arriscada. Mas era apenas um soldado e devia obedecer às ordens sem questioná-las. Tinha informações de que Briceño e Marulanda haviam planejado a operação pessoalmente. Os tempos eram outros, as Forças se transformavam, como qualquer organismo. Perro Blanco teve de aprender um pouco de português. Ele sabia pronunciar nomes de jogadores famosos brasileiros, como Pelé, Romário e Ronaldinho. De madrugada alguém os apanharia na rodoviária do Rio de Janeiro e os levaria em segurança até Mara Maluca, a mulher com quem negociariam. Ela havia vencido a disputa com Toninho Cara de Rato, o traficante de uma favela vizinha. Os comandantes não confiaram no Cara de Rato. Acharam que além da cara, ele poderia ter o caráter do animal que o denominava. Perro Blanco torcia para que os chefes estivessem certos. Para ele, uma mulher cuja alcunha era Maluca também merecia desconfiança. Mas as mulheres estão conquistando o mundo, concluiu. Não havia nada que pudesse fazer. Não eram, no fundo, todas malucas? Era preciso adaptar-se aos tempos: cada vez mais mulheres e crioulos no comando. Olhou para Diezpesos sentado à sua direita algumas poltronas atrás. O garoto dormia pesado. O vento que entrava pela janela balançava seu cabelo negro e liso. Um garoto índio. Não haviam trocado palavra desde a partida do ônibus e deviam fingir que não se conheciam até chegarem ao Rio. Caso um dos dois fosse preso, a operação prosseguiria normalmente. Governo de merda, pensou Perro Blanco, que faz um guerrilheiro experiente e um índio adolescente saírem da Colômbia para negociar com uma mulata esquisita numa favela brasileira. Fazer o quê? Sem *la plata* não se consolida uma revolução.

Perro Blanco acendeu um cigarro, fechou os olhos e imaginou Mabel, a putinha loura, nua. Ela não tinha pêlos na boceta.

A luz do sol entrava pela janela aberta, incidindo sobre uma escrivaninha branca. A televisão, o ursinho de pelúcia sobre a cama, as gavetas e os armários bem organizados que Renato já conhecia. A mesma melancolia sempre o acometia quando entrava no quarto dos filhos. Alguma coisa tinha mudado no quarto de Sofia. Observou melhor. CDs empilhados que ele não lembrava de ter visto na última vez que passara por ali. Havia também fotos novas na parede. Tudo bem, o U2 continuava lá. Mas havia agora um pôster de um rapper americano, Tupac. Tupac Amaru não era um guerreiro inca? O mundo estava mudando muito rápido. Uma foto de Bob Marley fumando um baseado incandescente e outra de Che Guevara jogando golfe. Renato nunca imaginou que Che Guevara jogasse golfe, um esporte associado à burguesia e ao capitalismo. Mas lá estava o Che, com seu uniforme de guerrilheiro, a boina, o charuto e a barba desleixada, empunhando um taco de golfe num gramado ensolarado. Olhou os livros na estante. Escolheu três deles ao acaso e retirou-os: *Na natureza selvagem*, de Jon Krakauer, *Glob (AL), biopoder e luta em uma América Latina globalizada*, de Antonio Negri e Giuseppe Cocco, e *El Che*, uma biografia de Paco Ignacio Taibo II.

"Posso levar?"

"Tem que devolver depois", disse Lílian. "Quero que ela encontre o quarto do jeito que deixou."

Renato continuou perscrutando o quarto, como se quisesse descobrir ali alguma indicação do que teria acontecido à filha. Então algo chamou sua atenção, e de certa forma o chocou: uma foto colorida pregada ao lado da escrivaninha de Sofia. Um sujeito encapuçado, com boné cáqui esfarrapado e de uniforme militar, olhando com firmeza para a câmera. No capuz negro, à altura da boca, um furo de onde despontava um cachimbo fumegante. Havia uma selva ao fundo. Renato já tinha visto a imagem daquele guerrilheiro, mas não se lembrava do nome dele.

"Quem é esse mesmo?"

"O subcomandante Marcos", disse Lílian. "Um guerrilheiro mexicano, zapatista. Você já foi mais engajado. O que é isso? Excesso de trufas brancas e champanhe?"

"Por que a Sofia botou a foto desse cara na parede?"

"Ela voltou mudada daquela viagem a Porto Alegre, no Fórum Mundial. Um guerrilheiro mexicano é o ídolo dela agora."

"E o Bono Vox?", perguntou Renato.

Lílian olhou para ele sem saber o que dizer. Então se abraçaram e choraram juntos.

8

Felipe chegou da escola ao meio-dia e meia. Renato cochilava no sofá da sala e despertou quando o filho abriu a porta.

Renato abraçou-o. O menino não estava acostumado a demonstrações de carinho do pai. Deixou-se abraçar, desconfortável.

"Alguma notícia da Sossô?", perguntou, pondo fim ao abraço.

"Nada."

"Cadê a mamãe?"

"Não sei, acabei cochilando no sofá."

"Você está deixando a barba crescer?"

Renato passou a mão pelo rosto. Não fazia a barba desde que soubera do desaparecimento de Sofia.

"Não tive tempo de me barbear."

"Gostei. Ficou legal."

"Trouxe um presente pra você."

Renato procurou em sua mala aberta no chão as camisas dos times franceses.

"Maneiro, chega aí", disse Felipe, de costas, caminhando até o quarto.

O quarto de Felipe, ao contrário do de Sofia, era bagunçado e recendia a chulé. Mas também na bagunça de Felipe alguma coisa tinha mudado. O garoto tirou a camiseta do colégio e largou-a no chão. Renato reparou no corpo magro do filho, nas marcas das costelas sob a pele branca sem pêlos, nos bicos intumescidos despontando do peito adolescente. Percebendo que o pai o observava, Felipe vestiu logo uma camiseta limpa. O olhar do pai o constrangia. Renato estendeu-lhe um pacote.

"Espero que não sejam repetidas."

O menino abriu o pacote e olhou as camisas: "Nenhuma repetida. Dos times franceses eu só tinha a do Paris Saint Germain".

Abriu o armário para guardar as camisas. O caos. Roupas amarfanhadas por toda parte. Renato reparou num pôster pregado no lado interno da porta do armário. A foto colorida de uma metralhadora MP5K. Observou melhor. Não era um pôster, era um calendário.

"O que é isso?", perguntou Renato aproximando-se do armário.

"Um calendário."

Renato folheou as páginas do calendário. A cada mês, uma metralhadora diferente. Julho, Uzi 351; agosto, Sten mark 5; setembro, Skorpion vz/61; outubro, AK-7; novembro, AR-15; dezembro, CZ-23.

"O que é isso?", perguntou de novo.

"Um calendário."

"Eu sei que é um calendário. Estou vendo."

"Então."

"Por que não um calendário com fotos de mulher pelada?"

"Porra, pai. Que pergunta."

"Você gosta de metralhadora?"

"Também gosto de mulher pelada."

"Mas prefere metralhadora."

"Não dá pra comparar mulher com metralhadora."

"Tudo bem, deixa eu reformular a questão. Você tem fascínio por metralhadoras?"

"Por armas em geral. Pistolas, rifles, fuzis, escopetas..." Enquanto falava, Felipe abriu uma gaveta e tirou dali várias fotos e alguns livros sobre armas. "Pra dizer a verdade, eu não coleciono mais camisas de times. Eu gostei das camisas que você me trouxe. Mas é que ando mais ligado em armas."

"Tá certo", disse Renato, tentando entender. "Eu também era muito volúvel na sua idade. Numa hora colecionava selos, noutra moedas; de repente largava tudo e começava a colecionar aeromodelos."

Renato deu uma olhada num dos livros sobre armas. Viu a foto de uma pistola Remington XP-100, de design futurista.

"Essa Remington é incrível", disse Felipe. "Olha que desenho ousado. E esse losango de madrepérola? Detalhes como esse fazem a diferença."

"Eu já tive uma Remington", disse Renato.

"Sério?"

"Mas era uma máquina de escrever. Escrevi alguns contos nela. Quer dizer, tentei escrever. Eu queria ser escritor, só que não tinha disciplina. Mas cheguei a sentir o gostinho. A emoção de inventar uma frase e depois outra e outra. E perceber que elas iam formando uma estrutura prestes a desmoronar. Como aqueles pratos que os malabaristas equilibram ao mesmo tempo em hastes de bambu."

"Sei", disse Felipe.

"Quer dizer que agora, quando eu viajar pro exterior, vou ter que procurar livros sobre armas?"

Felipe trancou a porta. Aproximou-se do pai e falou baixinho: "Se quiser, pode me trazer uma arma de verdade".

"Não entendi."

"Fala baixo. A mamãe não pode escutar isso."

Felipe voltou ao armário e abriu outra gaveta. Afastou várias cuecas e retirou uma caixa preta. Olhou para o pai: "Posso confiar em você?".

"Sempre."

Felipe abriu a caixa. Uma pistola preta, antiga.

"Uma Roth-Steyr automática, oito milímetros, fabricada em 1908", descreveu ele. "Foi usada pelo exército austro-húngaro. Uma raridade."

"E como você conseguiu comprar isso?"

"Juntei dinheiro. Vendi a prancha, o skate, a bicicleta, a..." Parou de repente. "Jura que me perdoa?"

"Do quê?"

"Tem que perdoar antes."

"Claro", repetiu Renato. "Sempre se perdoa um filho."

"Vendi também aquela bola autografada pelo Romário que você me deu quando eu era pequeno. Tudo bem?"

Renato aquiesceu. Estava difícil falar alguma coisa. Conseguir aquele autógrafo tinha dado um trabalho danado. No fundo ele não perdoava.

"Mas a mamãe não sabe."

"Não sabe que você vendeu a bola ou não sabe que você comprou um revólver?"

"Não sabe de nada. Quer ver as outras?"

"Outras?"

"O Romário estava em alta na época. Consegui uma boa grana por aquela bola. Além disso, eu economizei muito."

"Bom. É importante dar valor para o dinheiro. Mas armas, meu filho? Como você foi se interessar por isso?"

"É uma coleção como outra qualquer."

Felipe abriu uma gaveta cheia de meias sujas.

"Selos, moedas...", disse, enquanto remexia na gaveta, "... figurinhas, conchas..."

Tirou de lá um saco plástico. Desembrulhou com cuidado uma pistola laqueada e reluzente.

"Esta é moderna. Zehna, alemã, nove milímetros. Linda, né? A precisão dela é inacreditável."

Renato olhou para a arma, sem saber o que fazer. Ou dizer.

"Pode pegar", disse Felipe. "Está sem munição."

Renato pegou a pistola, sentiu o peso. Que se lembrasse, só havia manuseado armas de brinquedo, e na infância. Pistolas de verdade eram mais pesadas, concluiu.

"Como você sabe que a precisão dela é inacreditável?"

"Eu li."

"Ninguém sabe que você guarda essas armas no armário?", perguntou Renato, devolvendo a Zehna ao filho.

"Só a Velma e a Sofia, mas elas prometeram não contar pra mamãe."

"E você usa essas armas?"

"Usa como?"

"Atirando."
"Claro que não. Sou um colecionador, só isso."
"Qual o barato de colecionar armas se você não dá uns tirinhos de vez em quando?"
"Você não entende, pai."
"Acho que não."
"Você não vai contar pra mamãe, vai?"
"Depende."
"Do quê?"
"Você tem mais algum segredo?"
"Como assim?"
"A Sofia. Tem alguma coisa que a sua mãe não saiba?"

Ouviram alguém tentando entrar no quarto. Batidas na porta. "O almoço está na mesa", disse Lílian. "A porta está trancada por quê?"

Felipe jogou rapidamente a arma de volta ao caos da gaveta. Renato piscou para ele e destrancou a porta.

"Fui eu", disse, abrindo a porta. "Conversa de pai pra filho."

Lílian olhou desconfiada para dentro: "Não sei como alguém consegue viver nessa pocilga".

9

"Nós estamos trabalhando com todas as possibilidades", disse Zé Luís, chefe dos investigadores do Departamento de Pessoas Desaparecidas da Delegacia de Homicídios do Rio de Janeiro. "Mas, vejam bem, não temos nenhum indício ainda. Eu preciso ser objetivo. Por enquanto tudo que sabemos é que ela sumiu. Só isso."

Zé Luís era um homem maduro e magro, de aspecto jovial apesar do cabelo grisalho. Pareceu a Renato um tira eficiente, do tipo que faz ginástica antes de ir para o trabalho. Ele tinha sido designado para chefiar as buscas a Sofia Pellegrini. Renato e Lílian estavam na sala dos investigadores da Homicídios, no sétimo andar do prédio da Polícia Civil, no centro da cidade.

"Não será melhor chamar a Divisão Anti-Seqüestro?", perguntou Lílian.

"Enquanto não aparecer nenhuma prova concreta de seqüestro, como um pedido de resgate, por exemplo, não podemos requisitar oficialmente a Divisão. A senhora trouxe as fotos?"

Lílian tirou da bolsa várias fotos de Sofia. O policial espalhou-as sobre a mesa: Sofia na praia, sorrindo. Sofia com o namorado numa festa de formatura, pensativa. Sofia com as amigas num show de rock, suada. Sofia com Felipe na Disneylândia. Sofia sozinha, Sofia séria, Sofia triste, Sofia alegre, Sofia sorridente, Sofia fazendo careta. Renato sentiu um aperto no peito.

"Ótimo", disse Zé Luís. "Vou tirar cópias e enviar para aeroportos, rodoviárias e hospitais. Vou informar a Polícia Rodoviária e mandar cópias para outras cidades."

O chefe dos investigadores fez algumas perguntas sobre o comportamento de Sofia e suas relações com a família e os amigos. Depois recomendou que voltassem para casa e se mantivessem calmos, pois a polícia estaria trabalhando para localizar a menina. Pediu que ficassem atentos e sugeriu que instalassem um identificador de chamadas no telefone do apartamento, para facilitar o trabalho da polícia caso recebessem alguma ligação suspeita. Antes de irem embora, pediu que Renato ficasse um pouco mais e que um investigador acompanhasse Lílian até a saída.

"Ainda é cedo pra saber, mas se realmente for um seqüestro, já pensou em alguém para negociar com os seqüestradores?", perguntou a Renato.

"Não. Pensei num monte de coisas. Nisso não."

"É bom ir pensando. Alguém articulado, calmo. De preferência um amigo da família ou um advogado."

"Vou conversar com a Lílian, vamos pensar em alguém."

Zé Luís e Renato se despediram. Lílian esperava pelo ex-marido em frente ao prédio da polícia, ao lado de uma Parati estacionada na calçada.

"O que ele disse pra você?"

"Carioca não perde a mania de estacionar na calçada, é?", provocou Renato.

"Não enche o saco, Renato. Por que o Zé Luís quis falar sozinho com você?"

"Disse pra gente ir pensando em alguém pra negociar o resgate, caso seja um seqüestro."

"É isso mesmo ou ele disse alguma coisa que eu não posso saber?"

"Lílian, você é a mãe da Sofia. Não há nada que você não possa saber."

"Você está mancando."

"Preciso ir ao médico."

"Devia ir logo."

"Só quando a Sofia aparecer."

"E se demorar?"

"Não vai demorar. Eu sei."

"Como?"

"Eu sinto."

"Antigamente você não era tão sensível."

"A gente muda."

"O Tavinho é uma boa opção."

"Opção pra quê?"

"Pra negociar com os seqüestradores, se precisar."

"Desculpe, quem é Tavinho?"

"Meu namorado. Você não conhece."

"Você está namorando?"
"Qual o problema?"
"Nenhum."
"Estou, sim. Ele é ótimo."
"Tavinho."
"É, Tavinho. Ele é arquiteto. Tenho feito alguns projetos de paisagismo pra ele."

Compraram um identificador de chamadas telefônicas. Depois Lílian deixou Renato no hotel, na avenida Vieira Souto. Renato hospedava-se ali toda vez que ia ao Rio. Ficou no mesmo quarto de sempre, o 1102, no décimo primeiro piso, de frente para o mar. Jogou a mala na cama e caminhou até a janela. Olhou o sol escorregar por trás do morro Dois Irmãos e acompanhou a trajetória de um barco de pesca na altura das ilhas Cagarras. Só então percebeu como suas costas doíam e o quanto estava cansado. Tirou a roupa e olhou-se no espelho. Sentia-se estranho, abatido, melancólico. Tomou um banho, mas teve preguiça de fazer a barba. Vestiu o roupão do hotel e deitou na cama, ao lado da mala. Ligou a TV, sintonizou um canal de notícias e tirou o som. Ligou para Mônica e fez um relato dos acontecimentos do dia. Mônica estava saudosa e preocupada. Sugeriu que poderia ir ao encontro dele no dia seguinte. Espera mais um pouco, disse Renato. A ida de Mônica ao Rio tornaria insuportavelmente real o fato de que Sofia tinha desaparecido. Estar ali sozinho criava a ilusão de que a situação era transitória e banal. Como se estivesse numa viagem rotineira de trabalho. Mônica continuou falando, mas ele já não registrava o que ela dizia. Ela sempre se estendia nas conversas telefônicas, sem saber a hora certa de parar de falar. Com o tempo ele desenvolvera uma técnica de ouvi-la sem escutá-la. Por fim, despediram-se, desejando um ao outro uma boa noite. Como se fosse possível. Renato abriu a mala atrás de roupa limpa. Encontrou os livros que retirara da estante de Sofia. Pegou um deles, *Na natureza selvagem*. Deu uma olhada. Sentiu o cheiro da tinta e do papel e constatou mais uma vez algo que já sabia: palavras têm cheiro. O livro narrava a história real de Chris McCandless, um jovem aventureiro norte-americano que abandonou uma vida tranqüila de garoto de classe média abastada numa cidade da Virgínia para fugir da civilização. Acabou morrendo de inanição numa região inóspita do Alasca. Que interesse teria Sofia na vida daquele sujeito? Renato folheou o livro, seus olhos queimavam de sono. Reparou numa dedicatória escrita à mão na primeira página: "*Eu queria movimento e não um curso calmo de existência. Queria excitação e perigo e a oportunidade de sacrificar-me por meu amor. Sentia em mim uma superabundância de energia que não encontrava escoadouro em nossa vida tranqüila*". *Leon Tolstói*.

Sofia, a viagem do Chris ainda não terminou. Destinos e procedências são diferentes, mas a estrada é uma só. Lembranças do companheiro Samora.

Renato largou o livro e pensou na campanha em que estava trabalhando na agência de publicidade. A ousada coleção de lingeries pop desenhada pelo estilista Wertzen Molina, o *enfant terrible* da moda brasileira. A coleção que nas palavras dos diretores da agência revolucionará o conceito de roupa íntima feminina na América do Sul, permitindo que mulheres pobres usem as mais sofisticadas calcinhas, camisolas e baby-dolls. Voltou à janela, já tinha anoitecido. O oceano não se divisava do céu. As luzes de dois navios brilhavam como se flutuassem no ar. Ele sentia um desprendimento estranho, como um astronauta fazendo reparos numa estação espacial. Por um instante tudo pareceu um sonho indecifrável do qual não se consegue despertar.

10

Quando nadava à noite, Samora gostava de fechar os olhos e imaginar que percebia as coisas como um morcego. Ele já tinha nadado até Ipanema e voltado à ponta do Leblon. Nadar no mar era diferente. Agora não podia mais contar com a piscina do clube nem com a academia de ginástica ou com os treinos de jiu-jítsu. Em compensação, tinha a maresia corrosiva batendo em seu rosto. Estava sentado numa pedra, olhando a África invisível. Sonhava fazer um dia, no sentido inverso e em condições mais confortáveis, o percurso que seus antepassados trilharam séculos antes em porões de navios negreiros. Pensou em Malcolm X e em Marcus Garvey, que pregavam o êxodo dos negros americanos de volta à África. Pensou em Amílcar Cabral, Agostinho Neto, Samora Machel, Marcelino dos Santos, líderes, guerreiros e poetas africanos que lutaram por uma África livre. Pensou em Léopold Senghor, o senegalês que inventou o termo "negritude". Homens que conheciam o poder das armas e das palavras. Homens que o instruíam e inspiravam com seus textos e ações. Relâmpagos iluminaram o céu num ponto distante. Samora pensou no pai, que nunca conheceu. A mãe não falava sobre ele, não revelava sequer seu nome. Uma vez deixara escapar que talvez ainda vivesse por aí, em alguma favela. Durante muito tempo encontrar o pai verdadeiro tinha sido uma obsessão. Agora parecia não fazer mais sentido. Há segredos que não devem ser revelados. Samora se deitou. Sentiu grãos de areia grudados no couro cabeludo, entranhados nas tranças. Olhou os prédios na orla. Por muitos anos aquele foi o seu bairro, o Leblon. Ali ficava a escola britânica Saint James e o apartamento em que vivera com a mãe e o padrasto. De onde estava era possível ver o edifício Debussy. Preferiu não olhar. A mãe e o padrasto não estavam ali. Tinham viajado a Londres antes que Samora decidisse ir embora. Teriam uma surpresa quando voltassem. Mas não era da mãe nem de Stephen que sentia saudades. Muito menos do pai verdadeiro. Era de outra pessoa. Ela morava em Ipanema, perto dali. Viu um orelhão. Teve o ímpeto de ligar, mas desistiu.

Renato olhou o relógio, dez e vinte da noite. As costas doíam. Ligou para Lílian.
"Alguma novidade?"
"Nada."
"Você estava dormindo?"
"Eu não durmo, Renato."
"E o Felipe?"
"No quarto. Deu pra descansar um pouco?"
"Peguei no sono logo que cheguei. Mas já acordei. Infelizmente."
"Comeu alguma coisa?"
"Estou sem fome. Acho que vou precisar daquela massagista."
"A Ilana?"
"Não sei o nome dela. Você disse que conhecia uma massagista maravilhosa."
"A Ilana é de outro mundo."
"Minhas costas estão me matando."
"Me dá um instante." Renato ouviu música ao fundo. Ray Charles cantando "Georgia on my mind". Lílian consultou sua agenda e passou o número do telefone da massagista para Renato.
"Acho que agora está meio tarde pra ligar."
"Vou ligar amanhã cedo. Tudo bem com você?"
"Não dá pra ficar bem com essa situação."
"Você ainda gosta do Ray Charles?"
"Por que está me perguntando isso?"

"Ouvi a música quando você foi pegar o telefone da massagista."

"O Ray Charles é o meu cantor favorito."

"É o meu também."

Lílian ficou em silêncio.

"Tudo bem aí?", perguntou Renato.

"Tudo."

"Quer que eu te faça companhia?"

"Obrigada, Renato, não precisa. O Tavinho está aqui comigo. Ele está te mandando um abraço."

"Outro."

"Vocês precisam se conhecer."

"Claro."

"Você quer vir pra cá?"

"Obrigado. Vou ficar por aqui."

Renato bateu os olhos no livro sobre a cama.

"Lílian, você conhece algum amigo da Sofia chamado Samora?"

"Quem?"

"Samora. Dei uma olhada naqueles livros que peguei no quarto da Sofia. Um deles tem uma dedicatória para ela assinada por esse Samora. Companheiro Samora. Na verdade ele transcreve um texto do Tolstói e depois assina uma frase própria. Espera um pouco."

Renato pegou o livro e leu a dedicatória para Lílian.

"Quem é Chris?", perguntou Lílian.

"O personagem principal do livro. É uma história real. Um garoto americano que fugiu de casa e morreu de fome no Alasca. Ele não acreditava na sociedade de consumo, queria viver na natureza, coisas assim."

"Não conheço nenhum Samora. Se a Sofia tivesse um amigo chamado Samora eu me lembraria, com certeza. Qual o nome do livro?"

"*Na natureza selvagem*, de John Krakauer. Eu não conhecia."
"Me lembro da Sofia com esse livro. Deixa eu anotar o nome. Vou procurar saber quem é Samora. Acho que você devia tentar dormir um pouco."
"Vou tentar, prometo. Mas vai ser difícil."
"Eu sei."
"Me liga, qualquer coisa."
"Tá, claro. Um beijo."
"Outro."

Renato tentou dormir, mas foi impossível.
Resolveu dar uma volta.
Caminhou com dificuldade pelo calçadão rumo ao Leblon. As costas doíam. Parou num quiosque e pediu uma cerveja. Enquanto bebia sem entusiasmo, joggers solitários passaram pela ciclovia. A areia branca da praia estava iluminada por holofotes potentes. Ondas quebravam com força na praia vazia e luminosa. O barulho das ondas lembrava prédios desmoronando. Som de tijolos e cimento se desintegrando. O som se repetindo como um velho disco de vinil riscado.

Largou a cerveja e continuou andando. Agora a dor já não incomodava tanto. No canal do Jardim de Alá, alguns sujeitos jogavam bola na areia. O jogo estava parado e os peladeiros discutiam alguma coisa. Seguiu em frente. Um jovem casal de namorados se abraçava num banco na calçada. Renato viu a mão da menina enfiada dentro da calça do garoto. No final do Leblon a praia estava vazia. Renato sentou num banco. Notou um banhista solitário saindo da água. Um jovem negro, magro e musculoso com trancinhas no cabelo. Ele balançava a cabeça e chacoalhava as tranças. Foi até uma pedra próxima da arrebentação onde havia deixado a camiseta e o chinelo e sentou de pernas cruzadas, olhando o horizonte. Um favelado, pensou Renato. A praia é o espaço mais democrático do mundo. O rapaz permaneceu naquela posição, como se meditasse. Renato fechou os olhos e voltou a se concentrar no som das ondas. Não conseguiu pensar em outra coisa que não fosse destruição. Civilizações em colapso. Caos. Abriu os olhos. Era só o mar. Tranqüilão. O mesmo mar que batia ali havia milênios. E a escuridão. E um favelado zen de trancinhas contemplando a escuridão. O favelado levantou de repente. Vestiu a camiseta, pegou o chinelo e começou a andar na direção da calçada. Renato pressentiu que seria assaltado. Mas o rapaz caminhou para o outro lado, rumo ao mirante.

Ufa.

Na subida do morro, Samora passou pela Associação dos Moradores. A porta estava aberta. Olhou lá dentro, viu o professor Humberto e os atores ensaiando A *gaivota*. Gláucia Corcovado, a escritora, também assistia ao ensaio. Chayene estava em pé no meio da roda formada pelos atores sentados, interpretando Nina.

Concentrados na fala de Chayene, os atores não notaram que estavam sendo observados. Samora teve a impressão de que Gláucia percebeu sua presença, olhando de relance com o olho de vidro. Mas era apenas uma suposição. Que ele soubesse, olhos de vidro não enxergam. Resolveu ir embora. No caminho, viu Jorge Clunei encostado numa parede. Fumava um cigarro e carregava sua inseparável AR-15 no ombro. Cumprimentaram-se com um aceno discreto. O que Jorge Clunei estava fazendo ali?

Samora aproximou-se de casa. Estranhou a luz acesa.

11

Mara Maluca folheava um livro sentada no colchão. Os CDs e o CD-player roubados em cima da mesa. Vaca estava sentado numa das cadeiras, olhando para o chão. Dava para ver os olhos inchados e roxos por baixo dos fiapos secos do cabelo descolorido. O garoto tinha levado porrada.

"Pegando praia numa hora dessas?", disse Mara Maluca sem esperar resposta. Apontou o CD-player e os CDs sobre a mesa: "Olha teus bagulhos aí. Tudo de volta, zeradinho".

Vaca continuava olhando para o chão. Mara Maluca ficou em pé e largou o livro no colchão.

"Tu é letrado, Gringo. Gosto disso."

"Gosta de ler?"

"Eu não sei ler."

"Precisa aprender."

"Tem coisa mais importante. Ter uma faca em casa, por exemplo."

Ela pegou um facão sobre a mesa.

"Tive de mandar buscar. Quer aplicar a lei?", perguntou, oferecendo a faca a Samora.

Samora permaneceu impassível.

Mara Maluca apontou o facão para Vaca.

"O moleque roubou teus bagulhos. Feio pra caralho um negócio desse."

"Deixa quieto. Não precisa punir ninguém."

"Ei! Não é questão de punir ou deixar de punir. É a lei. Tem que obedecer. Não tem conversa. Sem lei, o bicho pega. Vê só como está a cidade lá embaixo. Falta lei, compadre."

Moveu a cabeça na direção de Vaca.

"Se fosse outro, perdia a mão. Aqui é assim. Roubou, perde uma mão. Roubou de novo, perde a outra. Na terceira, vai pro céu."

"Deviam te nomear ministra da Justiça."

"Quem gosta de política aqui é tu. Lembra do malandro que tu apagou lá em cima?"

Samora aquiesceu. Como se fosse possível esquecer aquilo.

"Tá ligado que meu forte não é vocabulário. Não freqüentei escola, sou criança carente, menor abandonada. Mas aqui no morro eu não tenho limite, só horizonte. Quero que tu escreva uma mensagem pra população em meu nome. Explica que no meu morro não aceito *estrupador*."

Mara Maluca apontou uma folha de cartolina e uma caneta preta sobre a mesa.

"Mando alguém vir buscar de manhã. Capricha, que eu vou colocar o bilhete do lado da carcaça do malandro. Vai sair em tudo que é jornal."

"Pensei que você tinha jogado o cara pros porcos."

"Só o corpo. A cabeça eu guardei pra ocasião. Deixei na geladeira, mas começou a feder. Vou deixar no mirante do Leblon. Um suvenir."

"A cabeça de Zumbi foi exposta em praça pública pelos portugueses", disse Samora.

"Cabeça de quem?"

"Zumbi. O líder negro do século dezessete. O chefe do Quilombo dos Palmares."

"Século dezessete? Não é do meu tempo, brother. Zumbi, pra mim, são os mortos-vivos que aparecem naquele clipe do Michael Jackson."

Vaca deu um sorriso.

Mara Maluca pegou o queixo dele e fez com que levantasse o rosto e a encarasse.

"Curtiu? Achou engraçado? Agora bota a mão na mesa", disse gentilmente.

Pela primeira vez Samora ouviu-a falar como uma mulher. O garoto colocou a mão esquerda aberta sobre a mesa.

"É com essa mão que tu bate punheta?"

Vaca fez que não.

"É com essa mão que tu rouba as coisas dos outros?"

"Não."
"Quero a outra."
Vaca obedeceu.
"Abre a mão."
"Não precisa arrancar a mão dele", disse Samora.
"Eu não vou arrancar a mão."
Zap! Mara Maluca arremeteu a faca num golpe preciso e arrancou o dedo mínimo de Vaca. O garoto gritou e se contorceu e tentou com a outra mão estancar o sangue que esguichava da falange do dedo decepado. Samora correu até o banheiro e voltou com uma toalha seca. Vaca cobriu a mão ferida com a toalha. Mara Maluca pegou do chão uma garrafinha de água vazia e jogou ali dentro o dedo mindinho de Vaca. Entregou a garrafa e o facão ensangüentado a Samora.
"Agora tu já tem uma faca."
"O que eu faço com isso?", perguntou Samora, indicando o dedo decepado dentro da garrafa.
"Enche de formol e põe em cima da mesa. Pro próximo ladrão pensar duas vezes antes de te roubar."

Lílian tentava não perder seus hábitos. Os hábitos eram seu último refúgio. Tirou o CD de Ray Charles do CD-player e colocou outro, uma versão orquestrada de "Summertime". Felipe estava no quarto. Tavinho tinha ido buscar comida num restaurante japonês. Lílian calçou a luva de borracha. Regou as plantas. Aparou com a tesoura algumas folhagens da jardineira da janela. Pensou intensamente em Sofia e depois de regar todos os vasos da sala teve a sensação de que conseguiu esquecê-la por alguns instantes. Sentiu-se culpada por isso. Tavinho chegou com sushis e sashimis embalados em recipientes plásticos. Várias duplas de sushi de ovas de ouriço. Desligaram o som, ligaram a televisão, comeram em silêncio. Depois do jantar Tavinho tentou beijá-la, mas Lílian disse que não estava no clima. Tomou calmantes e tentou dormir. Tavinho ficou na sala, vendo televisão.

Naquela noite Samora não conseguiu dormir. Nem teve disposição para escrever um texto como o *ghost-writer* de uma traficante sanguinária e analfabeta, justificando a execução sumária de um estuprador e a conseqüente exibição pública de sua cabeça decepada. Os acontecimentos se precipitavam. As coisas estavam acontecendo de modo diferente do que ele planejara. O cheiro do sangue de Vaca impregnava o ambiente. Resolveu sair. Caminhou de volta até a Associação dos Moradores, mas o ensaio já tinha terminado. Foi até a cyberbirosca de Gláucia. Porta fechada. Continuou caminhando a esmo. Flanando pela favela como um otário burguês desocupado. O que buscava, afinal de contas? Sentiu saudades da mãe. Maria. Aquele era um sentimento inútil, mas a vida estava congestionada de sentimentos inúteis. Como a admiração que sua mãe dizia sentir por Samora Machel. Maria. Ela e seu pai verdadeiro, o homem sem nome e sem rosto.

Seguiu caminho. Numa ruela quase tropeçou num cara que dormia no chão. Um bêbado. Samora olhou com mais atenção e reconheceu o rasta que na noite anterior ganhara um prato de comida de Gláucia Corcovado. O sujeito dormia tranqüilo. Samora reparou no rosto dele. Apesar das rugas e do desgaste do tempo, havia dignidade na expressão daquele sujeito. Como Bob Marley debilitado pelo câncer. O guerreiro destruído depois de lutar muito. Destruído, mas não derrotado. Como a cabeça decepada de Zumbi exposta numa praça em Recife. O rasta abriu os olhos. Vermelhos. Não demonstrou surpresa ao perceber que era observado por Samora.

"Estou sonhando?", perguntou.

"Está", respondeu Samora.

"Obrigado."

O homem virou para o lado e voltou a dormir. Samora sentiu cheiro de álcool e sujeira e teve ânsia de vômito. Voltou à via principal e começou a descer o morro seguindo o fluxo de pessoas que se dirigiam ao asfalto. No fim da ladeira viu um carro da polícia estacionado com as luzes internas acesas. Havia dois policiais lá dentro. Um deles dormia. Três sujeitos estavam sentados num banco próximo à entrada da favela. Não tinham cara de trabalhadores. Nem de bandidos. Talvez estivessem atrás de pó. Samora caminhou até o orelhão como se cumprisse um destino. Teclou o número do celular de Sofia.

"*Oi, aqui é a Sofia. Não posso atender agora. Deixe seu recado após o sinal.*"

Preparava-se para deixar um recado, mas a voz mecânica da operadora de telefonia avisou: "*Caixa de mensagens cheia. Tente mais tarde*".

Samora respirou fundo, o dia começava a clarear. Foi bom ouvir a voz de Sofia. Uma mulher gorda passou cantarolando uma canção em inglês. Ela pronunciava as palavras de forma ininteligível, mas não se envergonhava disso.

Bom mesmo seria ouvir a voz de Sofia de verdade, não uma gravação. Foda-se, pensou Samora.

"Foda-se", disse.

Samora teclou o número da casa de Sofia.

12

A claridade entrava pela janela. Renato não sentia ânimo para levantar e fechar a cortina. A televisão sem som mostrava dois sujeitos patinando numa pista oval de gelo. Eles se deslocavam muito rápido, vestidos de preto e usando capuzes. Pareciam extraterrestres, mas não do tipo ameaçador. Extraterrestres ridículos, como aqueles de antigos filmes B americanos. Renato experimentava uma sensação agradável de não estar nem dormindo nem acordado. Ou de estar dormindo de olhos abertos. Como alguém que tivesse o corpo paralisado mas a mente atenta. Divagando sobre patinadores com cara de alienígenas ridículos de filmes antigos. O que isso queria dizer? Perguntaria ao analista quando tudo se acalmasse. Teve a impressão vaga de que talvez as coisas não se acalmassem nunca mais, e isso, surpreendentemente, não o desagradou.

O telefone tocou.

"Renato? É a Lílian. Alguém ligou da favela. Desculpe, estou nervosa. Um homem ligou agora há pouco. Queria falar com a Sofia. Quando perguntei quem era, desligou. Achei estranho e resolvi ligar para o Zé Luís. Chequei o número no bina e passei pra ele. Depois de um tempo ele me ligou de volta dizendo que a chamada foi feita de um orelhão no Morro do Café. A polícia já foi pra lá. Estou nervosa."

"Você falou com o homem? O que ele disse?"

"Não sei se era um homem mesmo, já maduro. Parecia um rapaz. Foi muito rápido. A Velma estava servindo o café do Felipe na cozinha quando o telefone tocou. Ela atendeu e o cara perguntou se a Sofia estava. A Velma ficou meio besta, sem saber o que dizer, todos os conhecidos da Sofia sabem que ela está desaparecida. O Felipe pegou o telefone e perguntou quem estava falando. O cara repetiu que queria falar com a Sofia, mas não disse o nome. O Felipe perguntou de novo, quem é? Daí eu entrei na cozinha, peguei o telefone da mão do Felipe, sabe como eu sou, e perguntei quem era e o que ele queria com a Sofia. Ele disse que era um amigo dela e eu perguntei que amigo. Você não sabe que a Sofia sumiu?"

"E ele?"
"Desligou. Renato, estou nervosa. A Sofia não tem nenhum amigo favelado."
"Calma. Não deve ser nada. Me espera aí."

Gabriel conversava segurando o braço do interlocutor. Felipe não suportava aquilo. Tudo bem agüentar uma conversa chata, mas a mão pegajosa do colega era desesperadora. Estavam no pátio do colégio aguardando o início das aulas.
"Eu sentado no chão e cinco terroristas em volta, com capuzes, apontando metralhadoras pra minha cabeça."
"Que metralhadoras?", perguntou Felipe.
"Sei lá. Uma metralhadora qualquer. Qual a diferença?"
"Se eram terroristas árabes deviam ser Kalashnikovs. Os russos venderam muitas Kalashnikovs para os árabes."
"Não sei se eram terroristas árabes, Felipe. Ou metralhadoras russas. É só um sonho. Os detalhes não importam."
Felipe descobriu naquele momento que ouvir sonhos dos outros era a coisa mais desinteressante do mundo. Justamente porque num sonho os detalhes não importam. E Gabriel contava o sonho com tanto entusiasmo que Felipe chegou a sentir pena. De si mesmo. O pior é que não conseguia se concentrar minimamente no que o colega dizia. Olhou o relógio. Quinze para as sete. O orelhão continuava desocupado. O telefone tocaria dali a cinco minutos em ponto. E Gabriel ainda parecia estar muito longe do fim do sonho.
"... um deles olhou pra mim e perguntou alguma coisa numa língua estranha."
"Então eram árabes."
"Talvez fossem chechenos. Ou indonésios. Mas apesar de não entender a língua, eu sabia que ele estava me perguntando se

eu torcia pro Flu. Que absurdo, por que um terrorista iria me perguntar uma besteira dessas?"

Gabriel estava se divertindo. Felipe imaginou-se numa sessão de tortura. Olhou de novo para o orelhão. O relógio: restavam três minutos. Era preciso pensar em alguma coisa.

"Talvez fosse um terrorista flamenguista. Rapidinho, Gabriel. Preciso mijar. Me espera na cantina."

Saiu correndo. Antes de entrar no banheiro, olhou para trás e viu Gabriel dirigindo-se à cantina. O plano tinha dado certo. Voltou imediatamente ao orelhão e aguardou o telefone tocar. Ansioso.

O delegado Wembley Medeiros, da Entorpecentes, olhou o céu. Talvez chovesse mais tarde. Wembley, impaciente, de campana desde a madrugada, disfarçado de PM, sentado dentro do carro da polícia militar na entrada da favela. Para sua surpresa, a operação conjunta com as polícias militar e federal parecia estar funcionando. A propalada rivalidade entre as polícias civil e militar ia sendo superada aos poucos. Existiam divergências, claro. Mas se não se unissem, perderiam a guerra. O passar das horas começava a deixar Wembley inquieto. A informação do agente infiltrado pela Polícia Federal tinha sido clara: o colombiano ia chegar numa Kombi, pela entrada principal do morro, antes de amanhecer. Olhou para o relógio. Já passava das sete e nenhuma Kombi tinha aparecido. No banco ao lado, ao volante, o PM continuava dormindo. É só pra isso mesmo que servem esses PMs de merda, pensou Wembley. Pra dormir.

Viu uma viatura da civil se aproximar.

"Puta que o pariu."

O PM despertou.

"Que foi?"

"Não estou entendendo", disse Wembley. "Vão melar nosso flagrante."

Pegou o rádio e passou um alerta a seus homens posicionados por ali. Observou o carro estacionar. O investigador Zé Luís saiu do veículo acompanhado de dois policiais.

O Zé Luís? Aqui?, pensou Wembley. Botou a cara pela janela: "Zé Luís!".

Zé Luís a princípio não acreditou no que via. O que o Wembley Medeiros, titular da delegacia de Entorpecentes e seu companheiro de turma na Academia de Polícia há vinte cinco anos, estava fazendo dentro de uma viatura da militar vestido com uniforme de PM? O Carnaval tinha chegado antes da hora? Wembley fez um sinal para que Zé Luís se aproximasse.

Perro Blanco estava nervoso. Diezpesos, a seu lado, parecia calmo. Os índios sempre parecem calmos. Mesmo quando estão prestes a morrer. O ônibus que os trouxera do Espírito Santo havia se atrasado por causa de um acidente na rodovia Niterói–Manilha. Agora, dia claro, a Kombi que os apanhara na rodoviária já se aproximava do pé do morro. As coisas pareciam estar correndo bem. A Kombi era seguida de perto por mais dois carros cheios de homens armados, o bonde, como diziam os traficantes. Era a primeira vez que Perro Blanco vinha ao Rio negociar com Mara Maluca. Mesmo com toda a sua experiência, não conseguia controlar a ansiedade. Era mais difícil negociar com mulheres. Elas dissimulam melhor.

Perro Blanco acendeu um cigarro.

"Chegamos", disse o homem grisalho que dirigia a Kombi. Era um sujeito maduro e forte e se apresentara como o homem de confiança de Mara Maluca. Parecia sério. Era branco, ao contrário dos outros traficantes, na maioria pretos ou mulatos.

"Carajo!", disse Perro Blanco soltando fumaça pela boca, surpreso com a visão de uma viatura cercada de policiais.

"Liga não", disse o grisalho conhecido como Jorge Clunei. "Esses PMs são nossos. Nuestros."

Mas Jorge Clunei notou que havia homens da civil em torno da viatura, e isso não estava nos planos. Checou pelo retrovisor os outros dois carros com o resto dos bandidos. Pensou em pegar a AR-15, alojada na lateral da porta, mas não deu tempo, os tiros vieram de todos os lados.

II.

1

Segundo a cabala, o universo é uma emanação constante e permanente da substância divina.

Pensou no que isso queria dizer. A substância divina tem cheiro de mar. Pelo menos para quem mora em Niterói. Os moradores do deserto devem associá-la com o cheiro de poeira. Os da montanha, com o de pedra.

Como era mesmo o cheiro de pedra? Aroma de minerais agregados.

Cheiro de pixe era diferente. Asfalto quente. Suas narinas indicavam que agora devia estar atravessando a ponte Rio–Niterói. Não só o cheiro, mas a vibração do asfalto sugeria isso. Estava na ponte, com certeza. A brisa forte, a ausência de paradas (sinais fechados, pontos de ônibus, engarrafamentos, buracos no chão) e a velocidade constante do ônibus comprovavam: atravessava a ponte Rio–Niterói.

Nenhuma curva, nenhuma esquina, nenhuma voz vindo da rua.

Um cliente, professor de física, disse uma vez que o ser humano não enxerga com os olhos, mas com a parte traseira do cérebro. O córtex cerebral, sussurrou o professor, pouco antes de cair no sono e começar a roncar.

Muitos de seus clientes roncavam.

E isso era a comprovação de sua competência. Quanto mais roncassem, melhor.

Tentou se concentrar nas imagens que seu córtex cerebral captava. Confiava mais no nariz para enxergar o caminho. O cheiro da maresia agora se misturava ao cheiro do óleo que os navios largavam pelo mar.

No meio da ponte, bem no meio, com certeza.

2

"Deviam jogar uma bomba na favela", disse Velma. "Dizimar, botar fogo, acabar com aquilo tudo."

"Que maluquice é essa? Você não mora lá?", perguntou Lílian.

"Por isso mesmo. Porque moro lá é que sei como aquilo é podre. Deus devia mandar um castigo. Uma bola de fogo. Como na Bíblia."

"Deus não precisa se preocupar com isso", observou o investigador Zé Luís. "O Toninho Cara de Rato e os traficantes do Morro do Funil fazem o serviço por Ele."

A favela, pensou Renato. Ele conhecia Paris, Nova York, Praga e Barcelona. Conhecia o deserto de Atacama e o deserto de Sonora. Conhecia o Louvre, o Smithsonian Institute e o Epcot Center. A Catedral de Brasília. Ele conhecia as ilhas Maurício e as ilhas Fiji. Bora-Bora, Morea, Bonito, Itacaré, Honolulu, Las Vegas, Napa Valley, Londres, Roma e o Vaticano. Conhecia a Toscana. Costa Amalfitana. Ele conhecia Ibiza. Chapada dos

Guimarães. Buenos Aires, Angra dos Reis. Nunca tinha entrado numa favela.

"Ei!", disse Lílian, chamando a atenção de Renato. "Tudo bem? Você está com uma cara péssima."

"É a minha cara de sempre. Você é que desacostumou."

Estavam na sala do apartamento de Lílian, junto com Felipe, Tavinho e Zé Luís. Assistiam a um telejornal. Havia um vaso de flores amarelas sobre a televisão.

"Quer que eu chame um médico?", insistiu Lílian.

"Pra quê?", perguntou Renato.

"*Ação espetacular da polícia no Morro do Café deixa vários traficantes mortos*", informou o apresentador do telejornal. Tavinho aumentou o volume da televisão. Imagens da entrada do morro cercada por carros da polícia.

"*Um traficante colombiano suspeito de pertencer às Farcs, Forças Armadas Revolucionárias da Colômbia, foi preso em uma grande operação conjunta das polícias civil, militar e federal para desbaratar o tráfico de drogas no Morro do Café. Ferido no tiroteio, o colombiano está em coma, sob vigilância da polícia no setor de custódia do Hospital Miguel Couto.*"

Imagens da entrada do hospital. Policiais, repórteres, curiosos.

"*Quatro traficantes brasileiros e um colombiano foram mortos na troca de tiros com a polícia. O traficante colombiano morto tinha dezoito anos. Na operação foram apreendidos três quilos de cocaína pura.*"

Algumas horas haviam se passado desde a operação que culminara com a morte de cinco homens — entre eles Jorge Clunei e Diezpesos —, a prisão de vários traficantes e a internação de Perro Blanco, em coma.

"Quando cheguei no morro, dei de cara com um conhecido meu, o delegado Wembley. Fui falar com ele bem na hora em que os colombianos se aproximavam. O barulho estourou na minha cara. Quase levei um tiro. O colombiano que morreu era um garoto. Levou mais de cinqüenta pipocos na minha frente. Um negócio horrível. Eu não sabia que a Entorpecentes tinha montado um esquema pra flagrar esses colombianos. As Farcs são uma organização política, mas obtêm recursos com extorsão, seqüestro e tráfico de drogas. São um grupo terrorista, na verdade. Estavam trazendo cocaína pra negociar com a Mara Maluca."

"Mara Maluca?", perguntou Lílian.

"A desmiolada que chefia o tráfico no Morro do Café. Uma lésbica violenta de dezenove anos."

"A idade da Sofia", observou Renato.

"Hoje em dia o tráfico está nas mãos de crianças violentas que não têm medo de morrer", disse Zé Luís.

"Uma menina chefia o tráfico no morro?", perguntou Lílian.

"Não é uma menina. É um monstro."

"E a Sofia?", perguntou Lílian. "E o rapaz que telefonou para cá?"

"Por enquanto, nada. O morro está um caos. Precisamos esperar as coisas se acalmarem. As pessoas estão muito assustadas. Vou colocar um homem meu lá dentro, pra tentar descobrir quem fez a ligação. Parece que a Federal também tem alguém agindo no morro. Precisamos ter paciência. Em alguns dias tudo volta ao normal."

"Como sempre", disse Velma.

"Como era mesmo o nome da pessoa que escreveu aquela dedicatória para a Sofia?", perguntou o policial.

Renato e Lílian responderam ao mesmo tempo: "Samora".

No Morro do Café não aceitaremos estupradores.
Samora tentava não caprichar muito na letra.
Temos nossas próprias leis, o Estado está desmoralizado. Não

aceitaremos imposições. Queremos igualdade social, respeito e dignidade. Oportunidades.

Não resistiu a citar o ponto número um dos dez pontos do programa dos Panteras Negras: *Queremos poder para determinar o destino de nossas comunidades negras e oprimidas.*

Um toque de classe.

Era isso mesmo que Mara Maluca estava querendo? Samora aproveitaria a ocasião para lançar seu primeiro manifesto revolucionário. Um manifesto acompanhado de uma cabeça decepada causaria grande impacto. Pena que não era a cabeça de um político. Não é o que desejava fazia tempo? Uma oportunidade de realizar algo concreto? Faltava saber se Mara Maluca iria topar a parceria. Talvez ela não percebesse a sutileza do texto.

Chayene entrou sem bater.

"Oi", disse Samora. "Olha só o que você me obrigou a fazer."

Chayene olhou a cartolina em que Samora escrevia a mensagem.

"Eu?"

"Você mandou o recado pra Mara Maluca encontrar meus CDs. Ela encontrou. Mas pediu um favor em troca."

"Esquece isso", disse Chayene. "Não sabe o que aconteceu?"

"Ela arrancou o dedo do Vaca. Olha aí", Samora apontou a garrafinha de plástico com o dedo decepado. A coloração da pele era um branco azulado.

"Não é disso que estou falando! Os canas deram o bote lá embaixo. Mataram um monte de gente. Mataram um colombiano que estava trazendo pó pra Maluca. Mataram o Jorge Clunei. Maior pressão."

"Calma", disse Samora. "Estou ligado nos acontecimentos. O morro inteiro está sabendo. A gente tem que se articular, mas sem desespero. Um guerrilheiro precisa manter a calma em momentos de tensão."

"Guerrilheiro?"
Chayene olhou a garrafinha de plástico com o dedo de Vaca.
"Preciso comprar formol antes que o dedo apodreça."
"O que tu tem na cabeça, Samora? Joga a merda desse dedo fora, vacilão."

Salão de Beleza Beatriz.
O nome em si não significava nada. Tintura, corte, lavagem. Mas agora não havia mais dilemas. Nada de mensagens do destino a decifrar. Fim dos telefonemas matinais. A decisão estava tomada. Pintar o cabelo de azul. Depois, esperar até a noite. Pegar o ônibus.
Caminhava com passos decididos, mas sem pressa. Olhando para o chão. Não correndo riscos desnecessários. O bairro do Tucuruvi foi escolhido ao acaso. Só uma estação do metrô de São Paulo. Um bairro de nome estranho. Salões de beleza existem em qualquer lugar. Tucuruvi, pensou. Voltaria algum dia àquele lugar? Era assustador e ao mesmo tempo revigorante pensar que nunca mais veria aquela calçada e as pessoas que passavam por ali. Não as veria mais e um dia todas estariam mortas. Já eram fantasmas, de certa forma. Fantasmas do Tucuruvi. Caía uma chuva fina quase imperceptível.
Em São Paulo chuva fina é garoa.

Felipe estava no quarto, com a porta trancada. Tinha colocado algumas armas sobre a cama. A TV estava ligada na MTV. Adolescentes debatiam sobre homossexualismo. Felipe sentiu saudades do tempo em que a MTV mostrava clipes de música, e não um bando de babacas falando besteira. Desligou a TV, ansioso, meio mal-humorado. Pegou a flanela na gaveta da cômoda e começou a lustrar as armas. Gostava de sentir o tecido sob os dedos desli-

zando pela alavanca de desmontagem. Aquilo o acalmava. Corria a flanela obstinadamente sobre a alça de mira e a culatra municiadora. Passou a palma da mão pelo cano, sentindo o toque frio do aço. Conhecia os nomes de cada peça de engrenagem de uma pistola ou de uma submetralhadora. Alguém bateu na porta.
"Felipe, quer um Nescau?", perguntou Velma.
Felipe entreabriu a porta e pegou o copo. Velma tentou olhar o que acontecia dentro do quarto.
"Estou limpando as armas", ele disse.
"Toma cuidado com essas armas, pelo amor de Deus."
"Não estão carregadas, Velma."
Felipe fechou e trancou a porta. Olhou-se de relance no espelho do armário. Sentiu-se patético segurando aquele copo de Nescau.

3

Janelas e portas fechadas.
As caras também. A polícia controlava a entrada da favela. Pessoas eram revistadas, mostravam documentos, gesticulavam. A poucos metros da barricada formada pelos carros da PM, na Associação dos Moradores, o corpo varado de balas de Jorge Clunei era velado num caixão no meio do salão. A polícia não se aproximava, num acordo tácito. Comerciantes foram obrigados a fechar seus estabelecimentos. Muita gente por ali. Samora chegou junto com Chayene. Ficaram ao lado do professor Humberto e dos atores do grupo de teatro.
"Não imaginei que fosse encontrar você aqui", disse Samora para Humberto.
"Os líderes da comunidade me pediram pra vir. Se eu não compareço, perco o direito de dar aulas pra garotada. É o jogo."

"Uma hora é o Tchecov, outra é o Jorge Clunei", disse Samora.
"Tudo em nome da arte."
"Quem sabe um dia não seja só o Tchecov?"
"Você é muito idealista, professor."
"E você, muito desiludido. Soube que anda cooperando com os bandidos. O problema da desilusão é esse. Leva à indiferença."
"Não sou indiferente. Nem bandido."
"Mas está escrevendo um texto pra Maluca. O que é? O Poema da Desilusão?"
"Não perco meu tempo com isso, professor. As ações superam as palavras. Se fosse escrever um poema, seria o da Destruição."

Humberto tirou os óculos e encarou Samora com ironia. Seus olhos pareciam menores: "O que você quer destruir?".

"Ei, respeitem o morto", disse Chayene.

O silêncio engoliu as palavras de Chayene. Mara Maluca entrou na sala escoltada por vários bandidos. Parentes de Jorge Clunei foram afastados do caixão para que Mara Maluca se aproximasse. Ela permaneceu um tempo olhando para o cadáver. Depois fez o sinal-da-cruz e saiu. Dirigiu um olhar rápido para Samora, mas desviou os olhos assim que ele a cumprimentou.

Pelinha se aproximou.

"Aí, Gringo, a Mara Maluca quer dar um papo contigo. Agora."

Renato olhava o teto deitado em sua cama no hotel. A TV estava ligada num programa de culinária em que um jovem inglês louro de língua presa, usando uma camisa da Seleção brasileira, temperava uma salada. Não foi o suficiente para desviar a atenção de Renato do teto. O telefone tocou: "Senhor Pellegrini, é da recepção. Sua massagista está subindo".

Desligou a TV. Levantou. Uma pontada nas costas. Será que Sofia tinha morrido? Uma pontada no peito. Um corpo morto já teria aparecido. Mesmo com toda a ineficiência da polícia carioca. Um corpo morto já teria aparecido, repetiu a si mesmo enquanto caminhava até a porta. Tentou afastar dos pensamentos — sem conseguir — a imagem de Sofia morta, abandonada num matagal com a pele azulada, os olhos abertos e o cabelo molhado de chuva. Abriu a porta. Uma moça morena, de óculos escuros, vestida de branco, estava acompanhada do mensageiro do hotel.

A moça entrou caminhando devagar. Renato sentiu cheiro de sabonete, como se ela tivesse acabado de sair do banho. Ele estendeu a mão: "A Lílian falou muito bem de você".

A moça permaneceu parada, sorrindo, sem retribuir o cumprimento.

"Adoro a Lílian. Desculpe o atraso, peguei trânsito na ponte."

"Ilana, né?", ele perguntou, um pouco sem graça, sem entender por que a moça não tinha lhe dado a mão e não tirava os óculos escuros.

Ilana assentiu com um movimento sutil da cabeça. Em seguida colocou as mãos abertas sobre o peito de Renato.

"Calma", ela disse. "As coisas vão melhorar. A Sofia vai aparecer, tenho certeza. E vai aparecer viva."

Renato sentiu o calor das mãos de Ilana. O calor intensificava a consciência de sua enorme tristeza. Estava surpreso e intimidado com a atitude dela. Ilana subiu as mãos pelo pescoço até o rosto de Renato. Sentiu a barba de vários dias.

"A massagem pode ser na cama mesmo?", ele perguntou.

"Ou no chão. Onde você preferir."

"Acho que eu prefiro na cama."

"Onde é a cama?"

Renato estranhou, a cama estava a um metro deles. Então ele entendeu.

"Você é cega?", perguntou.

* * *

Samora foi conduzido ao alto do morro. Mara Maluca o aguardava ao lado do microondas, inquieta. Uma menina usando um colar de brilhantes a consolava. Uma de suas muitas namoradas. A menina abraçava Mara Maluca e acariciava seu cabelo. Quando Samora chegou, Mara Maluca desvencilhou-se do abraço da menina.

"Vai pra casa", disse. "Me espera lá."

A menina deu um beijinho na boca de Mara Maluca e foi embora.

"Explica, Gringo."

"O quê?"

"Como é que os alemães invadiram bem na hora em que o colombiano estava chegando. Como eles sabiam?"

"Não sei."

"Alguém encomendou. Alguém aqui de dentro. Quem foi?"

"Não faço idéia."

"Não faz, né? Mas chegou aqui me perguntando do colombiano. Na moral, me dando papo. Me disse que sabia que ele ia chegar. Queria entrar em contato com ele."

"É verdade. Queria aprender com ele, trocar informações."

"Trocar informações? Vai lá no Miguel Couto. O homem está entubado lá dentro, algemado, com trinta vermes em volta da cama. Sem contar os outros quarenta que estão do lado de fora, na porta do quarto. Vai lá trocar informação."

"Eu não entreguei o colombiano pros vermes. Eu matei o estuprador. Escrevi um cartaz pra você botar ao lado da cabeça do infeliz. Provei minha lealdade. Como é que eu ia entregar o esquema do colombiano? Eu nem sabia que ele ia chegar naquela hora, naquele dia."

"Mas sabia que ele vinha."

Mara Maluca tirou uma das Sig-sauers douradas da cintura e introduziu devagar o cano entre as trancinhas de Samora: "Como, neguinho? Como? Me explica. Senão eu abro um cu no teu cérebro".

O homem alisava o cavanhaque na porta da Associação dos Moradores. Observava a movimentação no velório de Jorge Clunei. Chayene notou que ele não era conhecido na área. O homem se aproximou. Chayene reparou que o homem não parava de passar a mão no cavanhaque.

"Sabe onde eu encontro o Samora?"
"Te conheço, meu irmão?"
"Imprensa. Trabalho pro *Dia*."
"Quer o quê com esse Samora?"
"Me falaram dele. Rapaz culto. Sabe das coisas."
"Papo brabo", disse Chayene. "Não conheço nenhum Samora."
"E a Sofia, você conhece?"
"Conheço ninguém não, mané. Se os bandidos souberem que tem cana investigando o velório, tu é um homem morto. Mas não é pouco morto. É muito."
"Eu não sou cana, gatinha. Sou repórter. O pó tá te deixando paranóica."
"Não me chama de gatinha", disse Chayene.

4

"Eu estava procurando uma arma", disse Samora, sentindo a pressão do cano da Sig-sauer de Mara Maluca em seu crânio. "Quer dizer, mais que isso. Eu tinha decidido sair de casa pra encontrar o meu destino. Eu vivia uma vida de merda, um burguesinho preto que passava o dia inteiro lendo Oliver Twist deitado no quarto com o ar-condicionado ligado. Tudo bem, não tenho certeza se era mesmo o Oliver Twist, mas já tive de ler esse livro na escola britânica. Era com esse tipo de merda que queriam me instruir. Oliver Twist. Com o tempo fui conhecendo outros livros. Palavras mais perigosas. Mas continuava deitado, com o ar ligado. Até que chegou o dia em que já tinha lido todos os livros. Escutado todas as músicas. Me sentia um ser único, diferente do resto da humanidade. Meus guias pairavam sobre minha cabeça como fantasmas gelados dizendo: 'E aí, não vai fazer nada? Depois de tudo que nós te ensinamos você vai continuar aí deitado?'. Fiquei entupido de palavras e sons congelados. Chega. Precisava de ação. Resolvi encarar a vida, fazer uma guerra, mudar o mundo. Suar um pouco. Contaminar a atmosfera com meu futum de crioulo. Mas eu precisava de uma arma para iniciar esse processo todo. Esse processo que acabaria numa grande revolução mundial. Eu precisava de uma arma para encontrar o meu caminho. Meu Sendero Luminoso. Um guerrilheiro não vai até a esquina sem uma arma. Vim até uma boca de fumo aqui no morro. Cheguei nervoso, com medo de ser assaltado. Mas eu tinha esquecido um detalhe, eu sou preto. Ninguém ia barreirar um crioulo. Foi o que aconteceu. Descobri minha força. Minha cor. Cheguei na boca, encontrei um cara com um piercing no nariz. Musculoso, touquinha na cabeça. Pinta de rapper. Falei que queria comprar fumo. Ele perguntou quanto eu queria levar. Comprei uma carinha, mas devolvi o bagulho. Ele falou qualé, maluco, vai me devolver o bagulho? Eu disse que não fumava bagulho, mas que ele podia ficar com a grana. Ele estranhou. Eu disse que estava a fim de comprar um berro. Ele disse pra eu passar mais tarde, dali a umas duas horas. Quando voltei ele me apresentou algumas automáticas. E disse que se eu quisesse um berro maneiro mesmo, eu deveria esperar mais uns dias, porque um colombiano estava chegando com armas novas e o melhor pó do mundo. Foi isso. Eu leio o jornal, sabia que alguns traficantes da cidade estão negociando pó e armamento com as Farcs. Eu liguei as coisas, só isso."

"Então foi o Anderson quem cantou."

"Não sei se o nome dele é Anderson. Ele não entregou nada. Eu é que deduzi."

"Não gasta tua conversa difícil comigo. Deduzi é o cacete. Tu comprou o cano?"

"Não. Resolvi esperar o colombiano chegar."

"Tu é safo, Gringo. Estranho também. Como eu. Estranho e esperto. Combinação perigosa. Tu fala de um jeito engraçado. Parece música americana, não dá pra entender o que estão dizendo, mas embala a gente. A porra é que eu gosto de ti, crioulo."

Mara Maluca apertou o nariz de Samora com a ponta da arma: "Crioulo do nariz macio".

"Você gosta de cutucar meu nariz."

"Vai ver me dá tesão. Estou quase engolindo o teu enredo."

"Não é enredo. É a real. Se eu fosse entregar o colombiano, não ia ficar aqui depois dele ser preso, esperando você abrir um cu no meu cérebro. Ia?"

Mara Maluca guardou a arma na cintura.

"Gostou, né? Abrir um cu no cérebro. Também sou poeta, Gringo."

Fazia tempo que Renato não sentia aquilo. Era uma sensação banal, mas naquele momento parecia a descoberta de um novo planeta. Estava de pau duro. Ilana já tinha ido embora e ele permanecia na cama sentindo a pele besuntada de óleo de laranja. Começou a se masturbar. A mão melada e eficiente. Ele observara atentamente a maneira como Ilana pressionara os músculos de sua perna durante a massagem. E como apertara com força seu peito, pedindo que expirasse o ar dos pulmões, diluindo um pouco da massa infinita de tristeza.

Áááá....

O rosto de Ilana, de óculos escuros, enlevada, transcendente. A massagista cega era um tesão.

Equipes de TV, fotógrafos e jornalistas. Policiais militares impediam a aproximação de curiosos. Agentes do Instituto de Criminalística tiravam fotos e vasculhavam a área. Anoitecia, trânsito intenso na avenida Niemeyer. Carros passavam devagar, passageiros com a cabeça para fora das janelas tentavam ver o que acontecia. Zé Luís encontrou Wembley Medeiros sentado num quiosque bebendo água-de-coco.

"Vem comigo", disse Wembley. Jogou o coco na lixeira. Quis pagar, mas o dono do quiosque não aceitou.

Wembley e Zé Luís abriram caminho entre policiais e jornalistas. Zé Luís sentiu ânsia de vômito ao ver a cabeça de um homem negro com *dread-locks* ressecados pendendo pelo pescoço cortado. A pele manchada de crostas de sangue seco. Coloração azulada, olhos entreabertos, a ponta da língua roxa caindo para fora da boca. Ao lado uma cartolina com uma mensagem.

"Que porra é essa?"

"Barbárie. A cabeça de um estuprador. Pelo menos é o que diz o bilhete. Ainda não deu tempo de checar a identidade. A Mara Maluca virou parceira. Diz que não aceita estupro no morro", disse Wembley.

"Quando deixaram isso aqui?"

"Agora há pouco, no final da tarde. Cheio de gente passando, tomando coco, bebendo cerveja. Dois vagabundos chegaram de moto e largaram o troféu. É um desplante. Essa filha-da-puta está querendo testar nossa paciência."

"Nossa paciência é proporcional à nossa incompetência."

"Você fala como se não acreditasse mais na nossa capacidade de combater o crime."

"É porque eu não entendo mais o crime. Por que a Mara Maluca fez isso?"

"E eu sei? Se foi pra sensibilizar a sociedade, querendo dizer que não aceita certos crimes no morro, se ferrou. Todo mundo vai ficar chocado com essa merda. Se foi uma represália à nossa ação contra os traficantes colombianos, se ferrou do mesmo jeito. Vai ter troco. Fanchona abusada. Terrorista."

Zé Luís leu o cartaz.

Temos nossas próprias leis, o Estado está desmoralizado. Não aceitaremos imposições. Queremos igualdade social, respeito e dignidade. Oportunidades. Queremos poder para determinar o destino de nossas comunidades negras e oprimidas.

"A Mara Maluca escreveu isso? Comunidades negras e oprimidas? Não é um bilhete, é um manifesto. Não sabia que ela escrevia tão bem."

"Duvido que aquela ignorante tenha escrito esse texto. Tem alguém assessorando ela."

Zé Luís olhou mais uma vez a cabeça decepada.

"Traficante com assessor de imprensa", disse. "Era o que faltava."

5

As luzes cintilavam na cidade lá embaixo.

Anderson chegou desconfiado para o encontro. Ouvia música com *head-phones*. Black Eyed Peas.

"*Let's get started ê ê ê, let's get started ê ê ê...*"
Caminhava cantando e agitava os braços como os rappers americanos que via na MTV. Olhou de rabo de olho para o microondas. Não entendia por que fora chamado às pressas para uma conversa com Mara Maluca.
Ela esperava por ele sozinha.
Anderson desligou o iPod dentro do bolso da bermuda.
"Qual foi, Maluca?"
"Tá maneiro o som?"
Anderson aquiesceu. Olhou para os lados. À noite não dá para ver muito longe.
"Chega aí, compadre! Tá com medo?"
Anderson riu: "Medo de quê?".
O Anjo e dois garotos saíram de trás do microondas e imobilizaram Anderson. Botaram-no de joelhos.
"Qual é, Maluca?"
"A língua que não pára de mexer. Tu gosta de cantar, Anderson?"
"Papo brabo."
Os homens seguraram a cabeça de Anderson, fizeram com que abrisse a boca e puxaram sua língua para fora. Zap! Mara Maluca arrancou a língua de Anderson com uma facada. Áááááááá. Anderson desvencilhou-se e começou a correr, urrando. O fluxo contínuo de sangue escorria da boca, manchando a camiseta branca. Anderson corria sem direção, como um touro cego. Mara Maluca tirou uma Sig-sauer dourada da cintura, correu atrás dele e deu dois tiros em suas costas. Pá pá. Anderson caiu gritando ainda mais forte e se debateu. Ela desferiu um tiro de misericórdia na garganta. Pá.
Mara Maluca observou o rapaz em seu estertor. Ela não gostava de matar com tiros. Atirava como quem cumpre uma formalidade, uma sina aborrecida. Tinha mais prazer em decepar e retalhar órgãos e membros com faca. Sentir o cheiro do corpo por dentro.

* * *

Lílian abriu a porta. Estava maquiada e vestia uma camisa meio desabotoada, o que possibilitava uma visão parcial dos seios e do sutiã. Renato olhou, e ela notou que ele olhou. Havia mais sardas por ali do que antes. Renato sentiu cheiro de jasmim.

"Que bom que você topou vir, o Tavinho precisou ir pra São Paulo. Estou me sentindo sozinha. Não agüento mais, Renato."

Renato entrou e abraçou-a com força. À noite o apartamento da ex-mulher era diferente. Todas aquelas plantas. Talvez fosse algo relacionado à fotossíntese.

"E o Felipe?"

"Foi dormir na casa de um amigo. Estava meio ansioso, agressivo. Natural. O ambiente está carregado. Acendi um incenso."

Por um instante Renato pensou em contar a Lílian sobre a coleção de armas de Felipe, mas preferiu não trair a confiança do filho. Sentaram-se no sofá.

"A Velma?"

"Dei folga."

"Quer dizer que estamos sozinhos."

"Algum problema?"

"Não. É que você me convidou pra jantar."

"Eu sei cozinhar, esqueceu?"

"Pensei que você estivesse sem cabeça pra esse tipo de coisa. Quer sair pra comer em algum lugar? Lembra daquele restaurante no Leme?"

"O Shirley?"

"A gente pode comer uma peixada lá, se você quiser."

"Não, cozinhar me ajuda a relaxar. Você está com fome?"

"Eu não sinto fome desde que a Sofia sumiu."

"Quer beber alguma coisa?"

"O que você vai beber?"

"Um uisquinho? Com gelo?"

Lílian foi até uma mesinha no canto da sala. Serviu uísque com gelo para os dois. Ligou o CD-player.

"*Georgia, Georgia...*"

"Tenho pensado muito no passado", disse Renato. "No tempo em que as crianças eram pequenas."

"É a preocupação com a Sofia."

"Tenho tido sonhos estranhos."

"Se está sonhando é porque consegue dormir."

"Muito pouco. E você?"

"Só durmo com remédios. Quando acordo, não lembro de ter sonhado."

Lílian bebeu um pouco do uísque. Renato também.

"Como foi a massagem?", ela perguntou.

"Por que você não disse que a Ilana era cega?"

"Eu não disse? Sei lá, esqueci. Mal dá pra reparar que a Ilana é cega. Gostou dela?"

"Adorei. Estou me sentindo melhor. Ela me tocou em lugares que nunca haviam sido tocados."

"Você se refere àquela mãozinha na virilha?"

"Não. Minha virilha é um lugar comum, não é um lugar intocado."

"Você não era assim tão sincero quando éramos casados."

"Ninguém é sincero no casamento. Foi em algum ponto aqui no meio do peito. Lá dentro. Não sei explicar."

"Finalmente alguém rompeu a armadura de aço. Só a Ilana mesmo. Vou até a cozinha olhar a comida."

Armadura de aço?, pensou Renato.

Lílian foi até a cozinha. Gritou de lá: "Renato, escolhe um vinho".

* * *

Cabo Carlos desceu do ônibus no ponto final, no canal do Leblon. Estava escuro. Caminhava com a mão apoiada na valise de plástico pendurada no ombro. O gesto expressava a consciência alerta da farda escondida ali dentro. No morro era melhor não demonstrar que fazia parte da corporação. Sua vida e a de sua mulher estariam ameaçadas. Sentiu um arrepio ao pensar em Lucy. Era louco por ela. Uma sonhadora, com aquela mania de ler romances. Estaria esperando por ele para jantar. Comeriam, beberiam cerveja e depois trepariam a noite inteira. Ela era uma máquina de foder. Gostava de chamá-lo por nomes diferentes enquanto fodiam. Riu. Será que os livros é que a deixavam assim? Sem dúvida os livros a ajudaram muito desde que um câncer enviara Carlinhos para os braços do Senhor. Talvez Carlinhos fosse um anjo agora. Uma moto parou ao lado.

"Verme", disse o condutor da moto, um jovem de boné vermelho. O rosto coberto por um capuz, a palavra *Cristo* bordada no boné. Ele tirou a automática da cintura. Carlos reconheceu o anjo da morte.

"Morre, corno."

Pá pá pá. O Anjo só parou de atirar quando teve certeza de que Carlos estava morto.

Depois do jantar, Lílian e Renato sentaram-se no sofá e ficaram ouvindo Ray Charles. Lílian foi até o quarto e trouxe uma caixinha de música onde guardava a maconha.

"Você ainda fuma?", perguntou Renato.

"Me ajuda a relaxar. E você?"

"Parei."

Renato viu samambaias sobre sua cabeça.

Lílian enrolou um baseado, acendeu e ofereceu para Renato. Ele aceitou. Não fumava maconha havia décadas. Não viu nenhum motivo para não fumar. Agora ele reagia de maneira diferente às situações. Como se não tivesse nada a perder.

Ray Charles começou a cantar.

"*My world is like a river, as dark as it's deep...*"

Renato convidou-a para dançar. Ficaram dançando no meio da sala depois que a música acabou. Renato sentiu o cheiro da pele dela. Lembrou daquele cheiro, que já fora familiar. Para ele, Lílian recendia a alguma madeira imaginária de uma floresta oriental. Cerejeira, talvez. Renato nunca tinha visto uma cerejeira ao vivo, mas gostava de imaginá-las em fotos idílicas de calendários com paisagens japonesas. Será que o fumo estava batendo?

"Teu pau está duro", disse Lílian, e deu uma gargalhada nervosa.

"Incrível, não?"

Renato conduziu-a até o sofá. Deitaram-se desajeitadamente. Renato abriu a camisa dela, arrebentou sem querer um botão, beijou seus peitos.

"Pára com isso, Renato."

"Como assim?"

"A gente não pode fazer isso, assim, aqui..."

"Por que não?"

"A Sofia está sumida."

"E daí? Ela veio daqui, não veio? De nós dois. Nasceu disso."

Foi um bom argumento. Talvez fosse a maconha. Lílian beijou-o na boca. Fizeram sexo com a urgência do desespero.

6

"Precisamos de um líder de crédito popular/ Como Malcolm X em outros tempos foi na América/ Que seja negro até os ossos, um dos nossos/ E reconstrua nosso orgulho que foi feito em destroços..."

Samora ouvia Os Racionais Mc's. Ele não conseguia mais dormir depois que a claridade da manhã entrava pela janela. No refrão da música ouviu uma mulher chorando. Ai ai ai. Ele conhecia a gravação. Não havia gemidos femininos no arranjo original, aquilo não era rap comercial norte-americano.

"Chega de festejar a desvantagem/ E permitir que desgastem a nossa imagem..."

Os soluços cresceram de intensidade, sobrepondo-se à voz de Mano Brown. Samora desligou o som. A vizinha gemia no cômodo ao lado. Samora foi até lá. Bateu na porta.

"Quem é?"

"Samora, o vizinho."

Uma moça de olhos inchados abriu a porta.

"Meu nome é Lucy", ela disse.

Samora lembrou-se da professora de história na escola britânica. Ela também se chamava Lucy, mas, diferentemente da moça que agora o fitava, era branca. Não era fácil ser o único aluno preto num colégio em que pretos só entram para varrer salas de aula, limpar a cozinha e lavar os banheiros. Às vezes eles entravam também nas ilustrações dos livros de história, morrendo de fome e de doenças em porões de navios negreiros, ou sendo aculturados nas savanas pelos charmosos e fleumáticos civilizadores britânicos brancos. A professora Lucy ensinou a Samora, com sotaque afetado, que "The british empire became the greatest expression of modern imperialism".

"Entra", disse Lucy.

As paredes da casa eram cheias de cartazes turísticos. Fernando de Noronha. Salvador. Caribe. Gramado. Pico das Agulhas Negras.

Lucy sentou num sofazinho verde.

"A Mara Maluca matou o Carlos", disse. "Meu marido. Ela matou porque ele era polícia. A Mara Maluca disse que a vida dos canas no morro vai virar um inferno. A morte do Carlos foi um aviso. Um aviso. Meu marido virou um aviso."

Samora viu uma farda da polícia militar e um coldre com um revólver pendurados num cabide no canto do cômodo. Havia livros numa estante improvisada. Não conseguiu ler os títulos nas lombadas.

"Queria que você soubesse que eu não concordo com nada disso", disse Samora. "Eu acho uma merda. É a falência do sistema. Pobre matando pobre, preto matando preto. Polícia e bandido são a mesma coisa."

A frase produziu silêncio. Samora sentou ao lado de Lucy e olhou para um cartaz das Cataratas do Iguaçu. Ao lado, a foto de um garotinho careca.

"O Carlinhos, meu filho. Ele também já morreu", disse Lucy.

Renato ouviu o som de um carro passando na rua. Lílian dormia a seu lado no sofá. Ele não conseguira dormir a não ser por alguns minutos, após terem gozado juntos. Era incrível que depois de tantos anos separados ainda soubessem exatamente como conduzir a trepada ao ponto de gozarem juntos. Levantou com cuidado, não queria acordar Lílian. Roçou a cabeça num xaxim pendurado no teto.

Vestiu a roupa, saiu em silêncio.

Caminhou por uma alameda de grandes amendoeiras. A calçada de pedras portuguesas coberta por folhas amarelas. Um canteiro com uma placa em que se lia: *Cuidado. Veneno de rato.* O porteiro de um prédio apoiava uma gaiola no tronco de um flamboyant. O pássaro negro abriu as asas dentro da gaiola. Renato caminhava mancando da perna esquerda. Era algo que aceitava como natural. Agora ele mancava. Agora ele usava barba. Agora não se preocupava mais com o trabalho nem com a mulher. Agora tinha acabado de fazer sexo com a ex-mulher. Depois de anos. Agora ele não sabia onde estava sua filha. Agora não tinha vontade de ligar para Mônica. Agora queria saber onde estava Sofia. Se estava viva, pelo menos. Caminhou pela orla da praia até o hotel. Viu pessoas correndo e se exercitando na ciclovia e na calçada. As costas doíam. O mundo se desfazia à sua frente, mas ninguém percebia, só ele. Haveria uma forma de alertar as pessoas? Pronunciou em voz alta o nome da massagista, dividindo as sílabas: "I-la-na".

"Dona Lílian."
Lílian abriu os olhos. Nua, cobriu-se com uma almofada: "Velma?".
Olhou para o lado. Dia claro, sol forte entrando pela janela.
"Cadê o Renato?"
"O doutor Renato dormiu aqui?"
"Já deve ter ido embora."
"Dormiu no sofá?"
"Ele jantou aqui ontem. Ficamos conversando, ficou tarde. Velma, não aconteceu nada."
Velma ficou quieta.
"Você deve estar estranhando eu estar pelada."
"A senhora não tem que me dar satisfação."
Lílian levantou do sofá e foi andando em direção ao quarto.
"Dona Lílian..."
"Sim?"

"Eu... desculpe falar assim, eu..."

"Fala!"

"A senhora não quer botar um roupão antes?"

"Não. Fala logo."

Velma sentou-se no sofá: "Eu sei que parece loucura, olha como eu estou nervosa...". Mostrou as mãos, tremiam.

Lílian sentou-se ao lado dela. "Fala logo, Velma."

"O morro está uma loucura, a senhora sabe, depois que mataram aqueles traficantes as pessoas estão muito assustadas, tem polícia pra todo lado, os bandidos ficam nervosos."

"Sei. Quer dizer, imagino."

"Hoje de manhã, quando estava vindo pra cá, vi uma moça... parecia a Sofia..."

"Como assim, Velma? Era a Sofia?"

"Calma. Não era ela. Acho que não era. Não pode ser."

"Que moça é essa?"

"Calma. Eu não sei, nunca vi essa moça por lá. Era muito parecida com a Sofia, mas tinha o cabelo azul."

"A Sofia não tem cabelo azul."

"Foi o que eu pensei na hora. Mas a moça me viu e desviou os olhos, começou a andar mais rápido, como se fugisse de mim. Levei um susto tão grande que perdi o ar. Tentei ir atrás, mas ela sumiu."

"Era ela? Será que aconteceu alguma coisa com a Sofia? Será que ela perdeu a memória?"

"Não sei, dona Lílian. Pode ser imaginação minha."

"Cabelo azul, Velma?"

"É. Curtinho e azul. Olha como eu fico só de lembrar."

Exibiu novamente as mãos trêmulas.

"Quer um copo d'água com açúcar?", perguntou Lílian. Suas mãos também tremiam. "Eu pintava o cabelo de azul nos anos oitenta."

* * *

Batidas na porta.

"Samora! Samora!", chamava a voz feminina.

Batidas na porta.

"Samora!"

Samora acordou assustado: "Entra".

"A porta está trancada."

Ele pulou do colchão e abriu a porta. Chayene entrou e fechou a porta atrás de si. Estava ofegante. Samora passou a chave.

"Você nunca tranca essa porta."

"Pois é. Mas agora, com tanta merda rolando, gente morrendo, sei lá."

"Sinistro. Os canas fecharam as entradas do morro. O bagulho não chega. As bocas estão paradas, o negócio vai feder."

"O negócio está fedendo há muito tempo, Chayene. Senta aí", Samora foi até o banheiro e abriu a torneira. Chayene foi atrás.

"A Mara Maluca matou o marido da tua vizinha. Ele era cana."

"Eu sei."

"Matou o Anderson também."

"Por quê?"

"E eu sei? A Mara Maluca não precisa de motivo pra matar. Matou, pronto."

Samora sabia o motivo.

"Estão perguntando de você."

"Quem?"

"Um cana. À paisana. Disse que era jornalista. É mole? Conheço os cornos dessa gente. Aquele cara era da polícia."

"Como foi isso?", perguntou Samora, a água escorrendo na pia.

"Ontem, no velório do Clunei. Uma figura de cavanhaque, metido a esperto. Chegou pra mim, perguntou se eu conhecia um tal de Samora, rapaz culto, que sabia das coisas."

"Engraçado", disse Samora, rindo. "Quer dizer que é assim que eles me vêem?" Lavou o rosto.

"Engraçado onde, mané? É uma merda. Por que os homens estão na tua cola? O que tu aprontou?"

"Aprontei nada, Chayene. Calma."

"Ele perguntou também de uma Sofia. Tu conhece alguma Sofia?"

"Sofia? O que ele queria saber?"

"Isso. Se eu conhecia alguma Sofia. Eu não conheço Sofia nenhuma. Por que essa cara nervosa?"

"Eu não estou nervoso. Por que você não me avisou antes?"

"Eu tentei. Passei aqui, não tinha ninguém. Por isso vim tão cedo. Quem é Sofia?"

"Ninguém", disse Samora. "Pode me dar uma licencinha? Preciso mijar."

Chayene saiu do banheiro. Samora fechou a porta. Olhou-se no espelho. Batidas na porta do cômodo. Chayene foi atender. Samora começou a urinar. Um jato forte, contínuo. Sua cabeça estava em outro lugar. Em outra pessoa.

Chayene bateu na porta do banheiro: "Tem uma menina aí fora querendo falar contigo".

"Quem?"

"Não sei. Uma patricinha esquisita de cabelo azul."

7

"Ramiro Santafiel Silva. Conhece?", perguntou o delegado Wembley Medeiros, ao telefone.

"Não", respondeu o investigador Zé Luís. "Quem é?"

"O dono da cabeça. O estuprador justiçado pela Mara Maluca."

"E por que você acha que eu conheceria um estuprador pelo nome?"

"Porque você é um tira esperto. Desiludido, mas esperto."

"O sujeito era estuprador mesmo?"

"Também. Várias passagens pela polícia. Assalto, tráfico. Uma ocorrência de violência sexual, não investigada. Agora não importa mais, o homem virou vítima fatal de crime violento."

"Virou estatística", observou Zé Luís.

"Confirmaram lá no morro. O Ramiro veio da Bahia ou do raio que o parta há muitos anos, largou a família, você conhece o filme. Desempregado, blablablá, a história de sempre, acabou entrando para o tráfico. Um dia pegou uma moça à força, numa quebrada daquelas. Não sei se a moça era uma santa, mas ela disse que foi violentada."

"Ela registrou queixa?"

"Negativo. Disse que não adiantava reclamar com a polícia. Preferiu chorar as pitangas pra Mara Maluca."

"Que desprestígio, Wembley."

"Isso ainda vai mudar, Zé Luís. Topa um chopinho mais tarde?"

A mão de Ilana deslizava pela virilha de Renato.

"Posso tirar a cueca? Fico mais à vontade."

Ela riu: "Eu não enxergo nada mesmo".

O óleo de laranja. As mãos atuando com mais intensidade. Virilha, abdome, coxa. Respiração alterada, pau duro.

"Estou com tesão", disse, quase num sussurro.

"Já reparei", disse Ilana.

Ela começou a masturbá-lo. Também estava com tesão.

* * *

O avião pousou no aeroporto Santos Dumont com meia hora de atraso. No *problem*, pensou Mônica, não havia ninguém esperando por ela. Seria uma surpresa. Estava com saudades de Renato e preocupada com ele. A insistência do marido para que ela não fosse ao Rio intrigava-a. Sofia estava desaparecida, ok, era preciso analisar tudo sob essa ótica. Sofia estava desaparecida. Ainda assim não se conformava com a frieza de Renato. Na hora em que mais deveria estar precisando dela! Agora ela lhe faria uma surpresa. O pessoal na agência estava preocupado. Tudo bem, a preocupação maior era com Sofia. Mas a criação de uma megacampanha estava em andamento. Outdoors imensos em forma de calcinhas e sutiãs seriam espalhados pelas ruas das principais cidades do Brasil e da América do Sul. Claro, Renato não teria cabeça para bolar slogans para uma linha ousa-dís-si-ma de lingerie criada por Wertzen Molina. Claro que não. Mas um telefonema, pelo menos. A bagagem demorou a chegar pela esteira rolante. A mala cheia. O Rio é quente, mas à noite às vezes faz um friozinho. E as cariocas são tão lindas. Só estando muito bem vestida pra competir. O carregador levou a mala até o táxi especial. A Sofia, coitadinha. Ela vai aparecer. Mônica tinha fé em Deus.

"Não vai me enrolar, hein, porque eu conheço o caminho do hotel", disse para o motorista.

Motorista carioca é safado, todo mundo sabe.

Renato e Ilana caminhavam pelo calçadão à beira-mar. De vez em quando ela se apoiava no braço dele para não perder a orientação. Mas andava como alguém que sabe onde pisa.

"Eu não faço isso sempre", disse Ilana.

"O quê?"
"A massagem. Você sabe. No fim."
"Não fica grilada."
"Rolou", ela disse. "Aconteceu. O toque é um negócio muito sério."
"Foi a única satisfação que eu tive nos últimos tempos."
Passaram pelo canal do Jardim de Alá. Renato pegou o celular e arremessou-o na água suja do canal. Então é assim que as pessoas se suicidam, pensou. Num impulso. Sem medir as conseqüências. Era só um celular, afinal de contas. O celular não traria Sofia de volta. Ilana não percebeu o movimento. Ou fingiu que não.
"Você acredita em magia?", ela perguntou.
"Como força de expressão para evidenciar alguma coisa fora do comum, sim."
"Não entendi."
"*O ar estava repleto de magia.*"
"Não. Eu digo magia de verdade. Caminhos que a gente trilha para entrar na alma do universo."
"Eu não acredito em nada", disse Renato. "Desculpe."
"E na luz?"
"Eu vejo a luz."
"Eu não. E no amor, você acredita?"
"Eu sinto amor pelos meus filhos. Mas não acredito na capacidade transformadora do amor."
"Ra ra."
"Achou engraçado?"
"Na cabala, a meditação do amor é assim: Ra ra."
"Ra ra", repetiu Renato.
"As palavras têm poder."
"Eu sei. Você se liga em cabala?"
"Eu uso a cabala para ver o mundo. Eu vivo na escuridão, as palavras são as minhas paisagens. Sons e cheiros."

"Uma massagista cega, cabalista e meio intelectual. Assim eu não agüento. Você tem namorado?"

"Tenho."

"Ele é cego?"

"Não. Ele lê pra mim."

"O que ele lê?"

"Qualquer coisa. Poesia, romance. Notícia, horóscopo. Textos sagrados. Palavras cruzadas. Qualquer coisa. O Fábio lê muito bem. E tem uma voz linda. Me ligo muito em voz. Sons e cheiros, já disse."

"Minha voz é boa?"

"Dá pro gasto."

"E o cheiro?"

"Intenso. Um banho de vez em quando não faz mal."

"A cabala ainda não tirou teu bom humor", disse Renato.

"Nem o meu tesão."

"Vamos sentar", disse Renato.

Conduziu-a até um banco da calçada. Sentaram-se.

"E agora?", ela perguntou.

"Fica quieta. Vou ler pra você."

"Trouxe um livro?"

Renato beijou-a com força e apertou o cabelo dela durante o beijo. Alguma coisa em Ilana o excitava muito. Talvez fosse a cegueira. Ou a cabala. Beijaram-se por muito tempo. Renato lambeu o rosto de Ilana. Ela riu e também lambeu o rosto dele. Depois ficaram em silêncio, sentindo no rosto a saliva que a brisa salgada deixava gelada.

"O Fábio lê melhor que eu?"

"Não."

* * *

Ele já não via sentido em ficar no morro.
Tudo bem, a comida e a birita eram fáceis, mas fazia tempo que nem isso importava mais. Foi aprendendo a perder as coisas ao longo da vida. A mulher, o filho, o trabalho. O violão, os amigos, as namoradas. A música. O nome. Por fim, a dignidade. Palavra besta, dignidade. Só pra deixar um cara como ele ainda mais por baixo. No fundo, todas as palavras eram bestas. Ainda pensava nelas, mas tinha cada vez mais preguiça de pronunciá-las. Dizem que baiano é preguiçoso. E é mesmo. Mas aquela vibração rastafári dentro dele, pulsando como uma guitarra de reggae, no contratempo, o impelia para a floresta.
Rastaman vibration, yeah, positive...
Lembrou de um disco antigo de Peter Tosh, *Bush Doctor*. É isso. Ia se transformar num feiticeiro da floresta, num doutor das ervas. Olhando o mundo do meio das folhagens, compreendendo a existência sob o manto de fumaça branca da *cannabis*. É isso. Decidiu cair fora, subir para o mato, se enterrar num buraco de tatu. Lá ele não precisaria mais falar. Falar o quê? Era tudo um sonho, não é mesmo? Tanto faz o que acontece num sonho. No fim, você acaba acordando.

A caminho do hotel, Mônica olhava a praia de dentro do táxi. Viu Renato sentado num banco ao lado de uma enfermeira de óculos escuros. Ele estava barbado, magro, diferente. Será que era ele mesmo? O que estava fazendo sentado ao lado de uma enfermeira?
"Pode parar aqui", disse ao motorista.
Atravessou a avenida correndo, puxando a mala de rodinhas comprada em Barcelona.
"Tudo bem, Renato?"

"Mônica!"

"Por que você está com uma enfermeira?"

"A Ilana é massagista. O que você está fazendo aqui?"

"Massoterapeuta", corrigiu Ilana.

Mônica estendeu a mão: "Prazer".

"Prazer", disse Ilana, sem estender a sua.

"Ela é cega", disse Renato.

Mônica não soube o que fazer com o braço estendido.

"Ela estuda cabala", acrescentou Renato.

Os três voltaram ao hotel sem dizer nada.

"Bom, vou indo", disse Ilana.

Renato chamou um táxi e Ilana embarcou rapidamente. Despediram-se com um "tchau" discreto. Renato e Mônica atravessaram o saguão da recepção em silêncio e entraram no elevador.

"O que você estava fazendo na praia com uma massagista cega que estuda cabala?"

"O que *você* está fazendo aqui?"

"Sou tua mulher, Renato."

"Podia ter avisado."

"Quis fazer uma surpresa. Quero ficar do teu lado nesse momento difícil."

"Bota difícil nisso."

"Pois é."

"Eu estou estranho."

"Por isso você foi passear na praia com a massagista cega que estuda cabala?"

"Eu estou com uma hérnia de disco, lembra?"

"Não dava pra arrumar uma massagista normal?"

"Ela é normal. Só é cega. Qual o problema?"

"Cegueira e cabala não combinam."

"Por que não? O que você entende de cegueira? Ou de cabala?"

"Não tem a ver com judaísmo?"

"Sei lá, Mônica."

"Você está fedendo, Renato. Com a roupa suja. Você não mandou lavar a roupa? Você odeia roupa suja."

"Estou estranho, já disse."

"Estranhíssimo."

"A Sofia sumiu, Mônica. O que pode ser mais estranho que isso?"

Saíram do elevador. Havia turistas japoneses no corredor. Entraram no quarto em silêncio. Mônica abraçou-o.

"Desculpe", disse. "Estou nervosa."

Mônica começou a se despir. "Acho que é a saudade."

"O que você está fazendo?", perguntou Renato.

"Tirando a roupa."

Mônica, seminua, abraçou-o: "Vem cá. Deixa eu te ajudar".

O corpo dele imóvel e frio. Cheirando mal. Ela abriu a braguilha da calça dele.

"Não sei...", disse Renato, desvencilhando-se.

Caminhou até a janela. Mônica ficou imóvel no meio do quarto.

"Eu estive pensando", ele disse.

"Pensando em quê?"

"Num monte de coisas."

"Dá pra ser mais específico?"

"A gente precisa dar um tempo, Mônica."

"Como assim?"

Renato a encarou: "Ontem eu transei com a Lílian. E hoje a Ilana me masturbou até eu gozar".

"Masturbou?"

"É. Bateu uma punheta pra mim."

"Por que você está me contando isso, Renato? Desse jeito?"

"É o jeito mais prático e eficiente de falar a verdade. Falar a verdade, simplesmente. Desculpe, sei que estou sendo grosseiro, mas não sei dizer de outro jeito. A gente precisa dar um tempo. Eu estou muito, muito abalado com tudo que está acontecendo, Mônica."

Ela ficou quieta por um momento.

"Não consigo te desculpar, Renato."

Zé Luís olhava entediado para a parede branca recém-pintada da sala dos investigadores. A sala da tiragem, como os homens de sua equipe a denominavam. O investigador Helinho entrou apressado. Como ele conseguia manter o cavanhaque tão alinhado?

"Boas notícias, chefe. Localizei o tal Samora. No começo foi meio difícil, todo mundo fechado, ninguém a fim de passar recibo. Fui pescando uma informação aqui, outra ali. No fim um eletricista acabou entregando o serviço, sem se comprometer, claro. Contou em off. O Samora comprou alguma coisa na loja dele. Umas baterias de nove volts. Mas eu ia acabar descobrindo o cara, de um jeito ou de outro. O Samora chama a maior atenção, não faz questão de se enrustir."

"Quem é ele?"

"Um rapaz que anda colaborando com a Mara Maluca. Mas não é do morro, é um garotão de classe média, bem-nascido."

"Deve ser quem ajudou a Maluca a escrever o cartaz que deixaram ao lado da cabeça cortada, lá no Leblon."

"Isso mesmo. É o que dizem. O cara é preto. Meio marrento. Usa trancinhas no cabelo."

"Viciado?"

"Talvez."

"Veado?"

"Veado por quê?"

"Estou tentando formar um desenho na minha cabeça."

"Acho que não, mas a verdade é que ninguém sabe direito qual é a do cara."

"Rapaz de classe média."
"É. Preto."
"Surfista?"
"Acho que não."
"Músico?"
"Não sei. Politizado. Vive falando sobre desigualdade social e coisas do gênero."
"Sei. Já descobriu onde ele mora?"
"Ainda não."
"Como você consegue manter o cavanhaque tão alinhado?"
"Eu tenho umas tesourinhas especiais. É o meu hobby. Como jardinagem. Meu cavanhaque é o meu jardim."
"Bonito."
"Tá de sacanagem, Zé?"
"Não, sério. Teu cavanhaque é bonito. Continue na função. Fica de olho no cara."
"Não vai dar. É isso que eu vim dizer. Uma garota da turma da Maluca percebeu que eu estava no abajur. Melhor não dar mole."
"Mas você não tem cara de cana, Helinho."
"Pois é. Mas vagabundo reconhece o cheiro, sei lá. Melhor mandar outra pessoa."
"O Wembley tem alguém da Federal lá dentro, não tem?"
"Ninguém sabe quem é", disse Helinho. "Encolha total. Acho que nem o doutor Wembley conhece a identidade do sujeito. O agente se reporta direto a Brasília. Alguém de lá repassa as informações pra Entorpecentes. Vai ser difícil contar com essa pessoa. Digo pessoa porque nem sei se é homem ou mulher."
"Obrigado, Helinho. Bom trabalho. Vou pensar em alguém pra te substituir. Ou então eu mesmo vou até lá conversar com o Samora."

O telefone na mesa do computador tocou e interrompeu o diálogo dos dois. Helinho atendeu. Ouviu por alguns segundos a voz da telefonista. Disse: "Um momento". Olhou para Zé Luís e estendeu-lhe o telefone. "Dona Lílian Pellegrini. Urgente."

8

"Tudo começou em Porto Alegre, lembra? As coisas que você falou, aquilo foi como o grande dilúvio. Como se chovesse trinta dias no deserto e no fim tudo ficasse inundado. Antônio Conselheiro, cara, o sertão virou mar! Você foi uma descoberta. Sei que me achou meio burguesinha, que sentiu que nosso lance não tinha futuro. Disse pra gente se separar, cada um seguir o seu caminho, você tinha uma missão importante e não podia se apegar a ninguém naquele momento. Mas anotou meus telefones, porque não é bobo nem nada. Pra mim foi diferente. Entendi o teu lado, mas nosso encontro mudou a minha vida. Guardei você como um segredo. Não contei pra ninguém daquela noite na tua barraca em Porto Alegre, no acampamento dos estudantes. Das coisas que você disse e fez. Do que eu descobri. De como a minha vida mudou de repente. Nem pra minha melhor amiga, a Fernanda, eu contei. Foi a última pessoa conhecida com quem falei antes de fugir. Saí da lanchonete, me deu um estalo. É agora ou nunca. Tchau, Fernanda, fui. Gente boa, mas patricinha. Como todas as outras. Só contei pro Felipe, meu irmão. Mas a gente tem um pacto. É meu irmão, né? Você não tem irmão. Mas tem a História. Malcolm X. Martin Luther King. Os Panteras Negras. Zumbi. E o Che, sempre. O Che foi meu guia. O Che no Granma, depois na Sierra Maestra, até a invasão vitoriosa de Havana. Eu vivi cada minuto daquela espera, Samora. Como se estivesse na selva. Depois, na Bolívia imaginária — eu estava no metrô de São Paulo, né? —, o sofrimento, a ansiedade, o tédio. Eu ficava trocando de vagão, indo pra lá e pra cá. São Paulo não tem muitas linhas de metrô, não é como Paris, mas dá pra dar um rolé. Eu ficava olhando as pessoas, pensava nelas como mensageiras do destino. Olha que viagem. Achava que alguém me daria um toque. Um olhar, uma palavra. Foi assim que decidi cortar e pintar o cabelo de azul. Vi duas roqueiras conversando. As duas tinham o cabelo azul, curtinho. Como os punks dos anos oitenta. Lembrei de umas fotos antigas da minha mãe. Quando ela ia imaginar que eu pintaria o cabelo como ela pintava? Achei que seria mais difícil me reconhecerem, afinal a polícia já estava me procurando. Coitados dos meus pais. A minha mãe. Batiam saudades e culpa ao mesmo tempo. Às vezes rolava um impulso de voltar correndo pro colo dela. Saudades do cheiro de terra da mão dela. Então dava muita vontade de falar com você, mas você também tinha sumido, então eu pegava no sono ali no metrô mesmo, e sonhava. Me via numa selva, no México. O sol raiando, a brisa fresca da floresta trazendo sons e cheiros dos animais acordando. Uma índia velha chegava carregando uma bolsa de palha cheia de tortillas quentes. A gente comia, eu e o subcomandante Marcos, depois a gente bebia um café forte, porque ele tinha muito sono e precisava ficar atento. Então ele acendia o cachimbo e eu perguntava: aí, subcomandante, por que abandonou a luta armada? Ele baforava o cachimbo. Apesar do capuz cobrindo o rosto, dava pra perceber que ele entrava numas, viajando, pensando longe. Então me levava até o escritório. Sabe como era o escritório do subcomandante Marcos no meu sonho? Um galpãozinho no meio das árvores, com um computador ligado em cima de uma mesa rústica de madeira, cheia de livros e folhas de papel impresso. Ele começava a procurar alguma coisa na estante improvisada, espantando os mosquitos que pousavam no capuz. De repente ele achava um livro antigo, grande, de capa dura, e me mostrava: *Dom Quixote de La Mancha*. Daí eu acordava, olhava pro lado, pegava o *Diário do Che* e ficava com o Che vagando pela savana boliviana. Eu passava fome junto com ele, tinha crises de asma junto com o Che. E dá-lhe metrô! Eu olhava os mensageiros do destino e ninguém me revelava porra nenhuma. A grana estava acabando, eu precisava logo tomar uma decisão. Voltar pra casa, procurar você, fazer vestibular, me mandar pro Mato Grosso, pra Roraima, pra Holanda, sei lá. Ajudar os índios, ajudar os pobres, criar uma ONG, estudar sociologia, escrever um diário. Então tomei uma decisão. Fui até um bairro maluco chamado Tucuruvi, entrei no primeiro salão de beleza que encontrei, cortei o cabelo e pintei ele de azul. Depois comecei a pensar no Chris McCandless e sofri junto com ele. Eu lembrava de cabeça várias passagens do livro. As anotações dele. *Dois anos ele caminha pela terra. Sem telefone, sem piscina, sem animal de estimação, sem cigarros. Liberdade definitiva. Um extremista. Um viajante estético cujo lar é A ESTRADA...*

"Revivi a morte do Chris lentamente, passo a passo. Setembro de 1992. Os caçadores procurando alces num lugar deserto e inóspito. Até para os alasquianos, que já são acostumados ao frio e à solidão, aquilo é um fim de mundo desgraçado. Wolf Townships. Os caçadores avistam a carcaça do ônibus velho abandonado na beira da estrada. Eles já conhecem aquele ônibus, de vez em quando se protegem ali do frio e das nevascas. Na porta do ônibus eles encontram um bilhete escrito à mão.

"*S.O.S. preciso de sua ajuda. Estou ferido, quase morto e fraco demais para sair daqui. Estou sozinho, isto não é uma piada. Em nome de Deus, por favor fique para me salvar. Estou catando frutas por perto e devo voltar esta tarde. Obrigado. Chris McCandless. Agosto?*

"Sabe onde estava escrito esse bilhete? Eu sei que você sabe, na página de um livro de Gogol. O Chris tinha o maior estilo. Gogol. Que onda. Enquanto os caçadores liam o bilhete, já sentiam o fedor terrível. O corpo se decompunha dentro do ônibus.

Desculpe, eu sempre choro quando penso nisso, mas eu sou uma manteigona mesmo. Tudo bem. Passa logo. A morte do Chris me dava força pra seguir na minha viagem. Era nessas coisas que eu ficava pensando. Talvez esteja ficando louca, mas você me ensinou que é melhor enlouquecer que deixar o destino te cozinhar em banho-maria. *Na natureza selvagem* foi muito importante para mim. *O diário do Che na Bolívia* também. Fiquei na dúvida entre duas viagens, a do Che ou a do Chris. Uma delas seria a minha."

"Os dois morrem no fim."

"Todo mundo morre no fim, Samora. Mas são mortes diferentes. O Che morreu lutando contra o exército boliviano porque acreditava num ideal político. O Chris morreu de fome no Alasca porque não acreditava mais na sociedade humana."

"Foi por isso que você fugiu? Pra decidir que tipo de morte queria ter?"

"Pra decidir que tipo de vida eu queria ter."

"Chegou a alguma conclusão?"

Sofia concordou com um movimento da cabeça. Estavam sentados à mesa de Samora. Ele ainda não se habituara ao cabelo azul. Ela estava mais magra. Mudada. Samora não sabia se Sofia estava em delírio ou êxtase. Alguma coisa assim. Linda.

"Cheguei à conclusão de que estou apaixonada por você. Quem mais no mundo me apresentaria ao mesmo tempo o Noam Chomsky e o Tupac Shakur? O Bolívar e o Mano Brown?"

"Mas como você me encontrou aqui? Não deixei o endereço com ninguém... Minha mãe e o Stephen estão na Inglaterra. A Dulce está de férias."

"Eu sei. Liguei pra tua casa, ninguém atendeu."

"E como foi que você descobriu onde eu estava?"

"O Felipe, meu irmão. A gente tem um pacto, eu te falei. Eu ligava pro orelhão do colégio todo dia de manhã bem cedo, antes das aulas dele começarem. Ele ia me informando de tudo. De como estava a minha mãe. Da chegada do meu pai. Das conversas com a polícia. Até o dia em que ele falou do telefonema. Um sujeito me procurando, e depois souberam que ele tinha ligado do Morro do Café. Tive uma intuição de que era você. Só podia ser. Lembro de você contar de como a tua mãe, apesar de nunca falar do teu pai, deixou escapar uma vez que ele talvez vivesse numa favela."

"A única coisa que sei com certeza sobre o meu pai é que ele adorava o Samora Machel. Era fascinado pela figura desse guerrilheiro e poeta moçambicano. É só o que eu sei. O resto é suposição."

"Tua mãe nunca disse o nome dele?"

"Não."

"Por quê?"

"Raiva, acho. Ressentimento. Sei lá. Ela não gosta de falar sobre isso. Nem eu."

"Pensei que você precisava encontrar teu pai biológico antes de fazer qualquer coisa."

"Pensamentinho pequeno-burguês. Passatempo de mauricinho desocupado. Agora as coisas estão rolando e eu não tenho mais tempo de procurar um fantasma biológico. Não quero encontrar meu pai. Ele pode ser qualquer um. Tanto faz. Minha história está andando rápido."

"E o que você disse pras pessoas daqui? Como conquistou a confiança delas?"

"Disse que queria aprender. Na humildade. Ofereci meus serviços, meus conhecimentos."

Samora fez uma pausa.

"E matei um cara."

"Como assim?"

"Um estuprador. Tive de matar. Senão não ganhava a confiança da Mara Maluca."

Sofia não disse nada. Os olhos arregalados.

"Um justiçamento. O sujeito estava deitado no chão, ferido. Já tinha apanhado muito. A Maluca me deu a arma. Estava me testando. Respirei fundo e atirei."

"Eu não teria coragem."

"Foi mais fácil do que parece."

Sofia levantou da cadeira e sentou no colo de Samora. Ficaram um tempo olhando um para o outro.

"O que você vai fazer agora? Voltar pra tua família?", perguntou Samora.

"Você é a minha família."

Beijaram-se de olhos fechados. Duas línguas úmidas e ansiosas.

9

Tum tum tum. Zé Luís sentia os batimentos do próprio coração. Era inevitável. Há coisas que só se percebem de vez em quando. Zé Luís quase nunca lembrava que tinha um coração. Ou um nariz. Mas quando começou a subir o morro sentiu o coração bater e o nariz inspirar e expirar. Não que os batimentos estivessem acelerados. Seu coração estava tranqüilo. A respiração ritmada. Os olhos atentos. Os homens do Core iam na frente, metralhadoras em punho, capuzes no rosto, abrindo caminho. Os moradores, tensos. Crianças correndo para dentro das casas. Uma mulata careca com um olho de vidro fechou a porta de um botequim cheio de computadores e turistas estrangeiros assustados. Um cachorro magro latiu. Helinho e Zé Luís atrás, cada um com sua Glock G18 na mão. Na cabeça uma música. Um som que se repetia num ciclo interminável. Um refrão. Não lembrava da letra. Um samba de Zeca Pagodinho. A letra falava alguma coisa sobre a vida conduzir o destino das pessoas. Alguns colegas gostavam de rezar em situações como essa. Ele não. Só um samba mudo embalado por sístoles e diástoles. Tum tum tum.

Renato em pé, diante da janela do quarto do hotel, imóvel. O telefone tocou mais uma vez e ele não atendeu. Era como se estivesse paralisado. Ouvia o telefone tocar, mas não conseguia atender. Olhava a praia. Um barco de pescadores, quase imperceptível, rumava para alto-mar. Mônica deixara o quarto havia algum tempo, batendo a porta. Blam! O som da porta batida ecoou em algum lugar no cérebro de Renato. Lembrou do roteiro inacabado do filme publicitário para a campanha da coleção de lingerie fashion de Wertzen Molina.

Exterior/dia — ao som de "Garota de Ipanema", com João Gilberto.

Uma mulata deslumbrante, passista de escola de samba, caminha por ruelas de uma favela do Rio de Janeiro. Ela veste um baby-doll Wertzen Molina curtíssimo e sexy. Traficantes e policiais interrompem um tiroteio para vê-la passar.

Uma índia maravilhosa caminha pela tribo. Ela está de sutiã e calcinha Wertzen Molina. Índios dançam num ritual do tipo Quarup. Eles param ao ver a índia passar.

Uma atendente gostosíssima desfila pelo plenário do Senado carregando uma bandeja com cafezinho. Ela usa lingerie Wertzen Molina. Políticos, que vociferam uns contra os outros, calam-se para ver a atendente passar.

Voz do locutor em off: Wertzen Molina deixa a mulher brasileira mais sexy onde ela estiver.

Péssimo slogan, pensou Renato. Péssima idéia. Não importava mais. O som da porta batendo, Mônica chorando e arrastando a mala pelo corredor. Também não importava mais. Ausência de culpa, tristeza ou arrependimento. Nenhuma emoção. Ou emoções em excesso, talvez, umas anulando as outras, resultando num vácuo.

O barco sumiu entre as ondas.

O próximo passo seria pedir demissão do trabalho.

Chayene desligou a TV. Aproveitou que Chaves, o irmão caçula, tinha adormecido no sofá de plástico. Pegou o caderno com o texto da *Gaivota*. Parou diante do espelho. Disse, olhando para si mesma: "*Lembra que você matou uma gaivota com um tiro? Um homem chegou por acaso, viu uma gaivota e, por pura falta do que fazer, matou a gaivota...*".

Seguindo a rubrica do texto, Chayene esfregou a testa. Sentiu suor de verdade na palma da mão.

"*Do que eu estava falando?...Falava sobre o teatro...*"

O menino Chaves despertou de repente. Começou a chorar ao ver o homem de cavanhaque olhando para dentro do barraco pela janela. Ele segurava uma automática. Chayene olhou para a janela.

"Cadê o Samora?", perguntou Helinho. "Me leva até o Samora!"

Os homens encapuzados do Core e Zé Luís, todos armados e olhando para Chayene. As unhas rubro-negras dos pés.

O celular de Renato não respondia mais às chamadas.

"*O telefone chamado está desligado ou fora da área de alcance*", repetia insistentemente a voz mecânica feminina. Lílian não tinha como saber, mas o celular de Renato repousava agora sob as águas do oceano Atlântico. Totalmente fora de alcance.

Lílian tentou mais uma vez o telefone do hotel.

"Quarto mil cento e dois, por favor. É urgente."

"Um momento", disse a telefonista.

Lílian ouviu "Jesus, alegria dos homens".

"Desculpe, senhora, mas o hóspede não atende. Quer deixar recado?"

"Diga ao hóspede que a filha dele foi localizada no Morro do Café. A polícia já foi pra lá. E, por favor, avise que o cabelo da filha dele agora é azul. Azul." Lílian desligou.

Felipe vinha do quarto: "Podemos ir, mãe".

"O que é isso na cintura?"

Ele tentara disfarçar, mas não tinha funcionado. A calça era larga, parecia prestes a cair pelos quadris e deslizar até as canelas. Levantou a camiseta e deixou à mostra a pistola Zehna enfiada na cintura, alojada entre ossos proeminentes e uma cueca branca.

"O que é isso, Felipe? Uma arma?"

"Depois eu explico."

"Que arma é essa?"

"Uma Zehna. Nove milímetros."

"Deixa ele, dona Lílian", disse Velma. "Hoje em dia os meninos gostam de usar armas."

"O que você vai fazer com um arma no Morro do Café?"

"Uma Zehna, mãe. A Sossô pode precisar de ajuda."

"Você sabia que ele tinha uma arma, Velma?"

"Sabia. É alemã."

Lílian respirou fundo. Por um momento achou que fosse desmaiar.

"Você estão loucos", disse. "Todo mundo enlouqueceu de repente. Larga essa arma agora, Felipe! Ficou maluco? Levar uma arma pro morro, cheio de bandido e polícia? Eu sou pacifista, garoto. Larga essa arma! Ficou maluco?"

Felipe obedeceu.

* * *

Mara Maluca entrou na casa de Samora.
Pelinha ficou esperando do lado de fora.
Mara Maluca ouviu Bob Marley: "*You're running and you're running and you're running away/ but you can't runaway/ from yourself...*".
No colchão, Samora e uma menina magra e branca de cabelo azul dormiam nus e abraçados. Mara Maluca desligou o som.
"*Room service!*"
Os dois acordaram.
"Não precisa apresentar a princesa", disse Mara Maluca. "Os homens já estão lá embaixo procurando o Samora e a Sofia. Maior *love story*. Romeu e Julieta. 'Bora, malandro! 'Bora andar. Os vermes estão subindo. O Caveirão está estacionado lá embaixo. Bem-vindo ao pesadelo, playboy!"
Pá. Ouviram um tiro. Mara Maluca puxou a arma e caminhou atenta em direção à porta. Com a mão esquerda pegou a outra arma. Virou o rosto e olhou para a janela estudando uma rota de fuga. Sig-sauers em punho, alerta como uma zebra acuada.
"Tá dominado, calma", disse Pelinha, entrando pela porta. "Tá dominado. Foi a vizinha. A mulher do verme. Deu um tiro na cabeça com o três-oito do finado."
"Lucy", disse Samora.

Mabel, a putinha loura, abriu as pernas. Sua vagina não tinha nenhum pêlo, como a de uma menina. Os lábios vaginais eram róseos e delicados. Parecia mesmo a vagina de uma menina. Mas ela não era mais uma menina. Mabel tinha cabelo comprido e louro. Pintado, mas podia não ser. Era loura, isso é o que importava. Seus olhos, excessivamente maquiados, e aí já não se parecia mais com uma menina. Mas era isso que a tornava tão desejável, no fim das contas. Uma menina perdida. Um anjo caído, de cabelo louro e boceta lisa. Por dentro a vagina era molhada, vermelha e espaçosa. Abrigava fungos, gonorréia e cancro. Mabel usava *head-phones*. Ela ouvia Shakira. Amava Shakira. Ela tinha orgulho de Shakira, uma colombiana que fazia sucesso nos Estados Unidos. Mabel se parecia com Shakira. Teria Shakira também uma boceta lisa? Perro Blanco sentiu a ereção. E a dor. Uma dor terrível que o fez despertar depois de dias em coma. Abriu os olhos. Estava numa cama de hospital. Seu braço direito estava preso à cama por uma algema. Estava no Brasil. No Rio de Janeiro. Mabel não estava ao seu lado. Só a polícia.

III.

1

A tempestade ia chegar, ele tinha certeza.
A questão era quando.
Caminhava pela rua. O desagradável na sua condição era a sensação de desmascaramento iminente. A paranóia. Uma mulher sorriu para ele. Sorriu de volta. Em cada sorriso uma desconfiança embutida. Como se todos soubessem. Olha, lá vai o espião. O X9. O cana. O traíra. Espião soava melhor.
Espião. Como nos filmes.
Palavras não salvariam seu couro, se fosse descoberto.
Era preciso calcular direito. O que perguntar e quando. Até onde ir. Não levantar suspeitas. O disfarce era bom. Ninguém desconfiava. Nem mesmo os policiais. Para os PMs ele era um cidadão como outro qualquer. Tinha se preparado, estava enganando bem. Gostava daquilo. Ele era aquilo, de certa forma. Talvez tivesse se envolvido mais do que o necessário. Uma gatinha é uma gatinha. E ele era um homem, afinal de contas. Ninguém é

de ferro. Se conhecesse sua real identidade, ela não o perdoaria. Tudo bem, ele saberia superar. Continuava estudando. Algum dia toda aquela informação acumulada serviria para alguma coisa.

Quem sabe?

Cumprimentou um garoto. Aviãozinho do tráfico. As drogas sintéticas estavam tomando o lugar da cocaína entre os consumidores das classes mais altas. Sobraria o crack. A escória. Crianças enlouquecidas pela química e a miséria. O caos.

Foi em frente. Não tinha outra opção. Tarde demais. Subindo o morro. Sorrindo. Era um cara simpático. Amigável, insuspeito.

O mais difícil seria perceber a hora exata de cair fora.

Não passar do ponto em que não é mais possível voltar.

2

"O Daniel Levinson está?"
"O pai ou o filho?", perguntou a recepcionista.
"O filho."
"Seu nome, por favor."
"Samora Machel da Silva."

Nome estranho. A recepcionista olhou com atenção para Samora. O rosto parecia familiar. E aquela moça ao lado dele. O cabelo curtinho e preto. Não eram clientes da casa.

"Ele conhece o senhor?"
"Fui colega dele na Saint James."

Ela pegou o interfone. Samora notou três seguranças disfarçados de clientes. Um ao lado da porta que levava ao escritório e outros dois sentados no sofá da recepção. Um dos que estavam no sofá lia um jornal esportivo. Ou fingia ler. Ficaram intrigados com o crioulo de trancinhas, dava para notar pelos olhares dissimulados. Mas a mocinha branca conferia um ar de respeitabilidade ao *negão*. Samora teve vontade de perguntar se eles tinham consciência de que também eram pretos. Misturados, está certo. Mulatos. Ah, bom. Trocou um olhar rápido com Sofia. Melhor assim, sem aquele cabelo azul. Ela era linda. Um pouco estranha. E estava nervosa. Pálida. Mas fingiu que não. Deu um sorriso.

A recepcionista desligou o interfone: "O doutor Daniel já está vindo. Podem aguardar".

Então agora ele era doutor Daniel. Doutor em quê? Vender dólares para os outros? Doleiro, na melhor das hipóteses. Uma ambulância passou pela avenida Rio Branco. Sofia virou-se assustada. O segurança parou de ler o jornal. Samora olhou a calçada através da porta de vidro. Pelinha continuava ali, atento. Disfarçava bem, o moleque. Andando de um lado para o outro como um desses meninos que fazem acrobacias nos sinais. Despercebido. O garoto era bom nisso.

"Vocês aceitam um café?", perguntou a recepcionista.

"Não, obrigado."

"Não querem sentar?"

"Não", disse Sofia. "A gente espera em pé mesmo."

O segurança voltou a ler o jornal. O outro segurança, o que estava sentado, disse: "O Botafogo vai cair".

O que lia, sem parar de ler, respondeu: "O Flamengo cai antes".

"E uma água, aceitam?", perguntou a recepcionista.

"Também não, obrigada", disse Sofia. Ela tinha recuperado a cor. Sorriu de novo.

A porta que levava ao escritório abriu de repente. Havia um mecanismo eletrônico que a destrancava. Daniel Levinson chegou. Aparentava simpatia, apesar de surpreso e um pouco desconfiado. Ele e Samora cumprimentaram-se.

"Quanto tempo, Samora. Li alguma coisa no jornal."

Daniel Levinson olhou discretamente para Sofia.

"Pensei que vocês estavam desaparecidos."

"A gente apareceu", disse Samora.

Daniel Levinson sorriu. Um sorriso nervoso. Samora notou o segurança no sofá. Ele tinha largado o jornal.

"Em que posso ajudar?", perguntou Daniel.

Samora puxou a Walther e encostou o cano na testa de Daniel.

"Os dólares. Os dólares, Daniel. Rápido."

Pelinha e um rapaz encapuçado já estavam entrando pela porta, apontando armas para os seguranças. O rapaz usava um boné vermelho com a palavra *Cristo* bordada em amarelo. O Anjo. Ele gritou para os seguranças: "É assalto! É assalto! Pra trás, armas no chão!".

Os seguranças obedeceram.

"Vai logo, Daniel", disse Samora. "Eu não quero te machucar."

Daniel empalideceu.

Pelinha recolheu no chão as armas dos seguranças e enfiou na cintura.

"Calma", disse a recepcionista.

"Quieta!", gritou Sofia.

"A grana, Daniel", disse Samora. "Agora."

"Perdeu, bacana", disse o Anjo.

Foram até o escritório. Amarraram com fita adesiva os braços e as pernas de Daniel, da recepcionista e dos seguranças.

"As câmeras estão filmando tudo", disse Daniel.

"Não me importo", disse Samora. "O meu rosto é o de todas as minorias intoleradas, oprimidas, resistindo, exploradas, dizendo basta!", completou, sem revelar que citava o subcomandante Marcos.

Amordaçaram as vítimas com fita adesiva. Não deu tempo de Daniel dizer que era filiado ao Greenpeace. Pelinha e o Anjo encheram três sacos plásticos negros com notas de dólares.

"'Bora", disse Pelinha.
Na calçada, Pelinha entregou dois sacos plásticos a Mara Maluca, que aguardava dentro de um táxi com placas falsas. Duas motos estacionadas ao lado. Seguiam à risca o plano elaborado por Samora. Até ali, estava funcionando. Anjo e Pelinha subiram numa moto. Samora e Sofia na outra. Anjo pilotava a moto que ia na frente. Samora vinha logo atrás. Sofia carregava na garupa o terceiro saco plástico com os dólares.
As motos costuravam entre os carros.
Sofia — o cabelo curto, agora negro, agitado pelo vento —, excitada e aliviada ao mesmo tempo, o saco plástico comprimido entre seu corpo e o de Samora.
No meio do túnel Rebouças ouviram as sirenes da polícia.

O delegado Wembley Medeiros olhou para Perro Blanco.
O homem sem cor, estendido na cama do hospital, cheio de tubos e ataduras. Olhos vermelhos e profundos. Cabelo preto, espesso e seboso. Punho ferido, marcado de roxo pela pressão constante do aço da algema. Finalmente o colombiano tinha saído do coma. O mundo não perderia nada se ele batesse as botas ali mesmo, naquele instante. Mas Wembley gostaria que ele falasse umas coisinhas antes de partir para o inferno. Que fornecesse algumas informações cruciais para a Entorpecentes sufocar os traficantes até a inoperância total. O tipo de coisa que sai no jornal e na televisão. Um caso que pode render promoção. Até mesmo uma vaga na Assembléia Legislativa, por que não?
"Então", disse, "quando é pra falar com traficante você entende português? Ou vai dizer que aquela anta da Mara Maluca fala castelhano?"
Perro Blanco permaneceu em silêncio.

"Sei, sei", prosseguiu Wembley. "Não vai falar nada sem a presença de um advogado."

Perro Blanco fechou os olhos.

"Acorda, bandido! Cai na real. O único advogado que vem pra cá é o do consulado da Colômbia."

A pálpebra direita de Perro Blanco tremeu um pouco.

"Você acha que ele vem te proteger? Conhece as leis de extradição entre Brasil e Colômbia?"

Perro Blanco tentou manter os olhos fechados.

"Deve conhecer, é esperto."

Perro Blanco abriu os olhos.

"Sabe o que te espera na Colômbia?"

Perro Blanco sussurrou: "Mabel".

Sirenes e buzinas ecoavam pelo túnel. Motores.

O Anjo fez um sinal com a mão, pedindo que Samora o ultrapassasse. Vários carros separavam as duas motos das viaturas da polícia. Pelinha tirou uma das armas da cintura e disparou três tiros para o alto. Pá pá pá. Um Honda Civic, que vinha logo atrás das motos, freou de repente. Uma van entrou em cheio na traseira do Honda. Estrondo, ferro retorcido, cheiro de óleo e borracha queimada. Outros carros frearam. As viaturas bloqueadas pelos carros parados.

"Ééééééééé!", gritou Pelinha.

Quem ia na frente abriu espaço. As motos aceleraram em direção à luz intensa na saída do túnel. Circundaram a lagoa Rodrigo de Freitas, desviando dos carros. Ultrapassaram um sinal vermelho. Samora quase atropelou um entregador de supermercado numa bicicleta.

Na avenida Niemeyer, ouviram novamente os guinchos das sirenes. Estavam próximos ao morro. Aceleraram em direção à subida da favela. As motos lado a lado. Pelinha virado para trás, atirando.

Pá pá pá.

Um carro da polícia chegou perto. Sofia abriu o saco com os dólares. As notas voaram pela rua como chuva prateada. Papel precioso. Pessoas correndo, disputando as cédulas. As motos continuaram em frente. Gente atrás da grana, fechando a rua. Os PMs pararam e abriram as portas. Caíram de quatro e se misturaram ao povo, catando dinheiro no chão.

3

"Minha vida se desestruturou completamente. Abandonei minha casa, minha mulher, minha cidade e meu emprego. Joguei fora meu celular. Meus amigos e minha família pensam que eu pirei. Talvez estejam certos, não sei. Tenho motivos pra pirar. Minha filha fugiu de casa para viver na favela com um bandido disfarçado de guerrilheiro anacrônico. Agora ela participa de assaltos à mão armada em casas de câmbio e distribui dólares para favelados. Distribui, não. Joga as notas para o alto enquanto pessoas comuns se descabelam para apanhá-las, como porcos disputando comida num chiqueiro. A polícia ainda não conseguiu encontrá-la, acredita que esteja no meio da floresta com um bando de traficantes. Os bandidos conseguiram fugir da favela quando a polícia invadiu o morro atrás da minha filha. Deve estar escondida no mato, acampada com criminosos, saindo de vez em quando para um assalto e voltando pro mato até que a polícia se organize para prendê-la, o que, espero, deve acontecer em alguns dias. É assim, provavelmente, que Sofia acredita que vai mudar o mundo. Eu já pensei em mudar o mundo. Mas faz tanto tempo que não consigo mais lembrar de como era acreditar que isso era possível. Mudar o mundo. Parece uma frase estúpida de criança num comercial antigo de TV. A única sensação agradável que lembro com nitidez é o prazer de escrever. A excitação de juntar palavras como peças de um quebra-cabeça. Um dominó sem números. Mas isso é só uma lembrança. A realidade é minha ex-mulher deprimida vivendo à base de remédios. Chateada porque não atendi a seus telefonemas no dia em que Sofia apareceu na favela. Agora só se comunica comigo através do namorado dela, o Tavinho. Nem quando nos separamos Lílian esteve tão hostil. Meu filho é um estranho que coleciona armas e mente para os pais sem nenhum constrangimento. Mesmo sabendo que a irmã estava bem, não disse uma palavra para diminuir a minha aflição e a da mãe. Preciso sair do hotel antes que meu dinheiro acabe. E sabe o quê?"

Renato fez uma pausa.

"Sinto uma espécie rara de felicidade."

Renato e Ilana estavam sentados num banco da calçada da praia de Ipanema, de frente para o mar. Um jornal com a notícia do assalto à casa de câmbio repousava no colo de Renato.

"Preocupante, não acha?"

"Você devia procurar um analista."

"Também abandonei meu analista. Meu analista, minha mulher, meu emprego, minha cidade, meu celular, meu apartamento, minhas roupas. E o meu carro."

"Você tem que se cuidar. Não é normal ficar bem numa situação dessas. Onde você vai morar depois que sair do hotel?"

"Não faço a menor idéia. Onde você mora mesmo?"

"Em Niterói. É de onde se tem a melhor visão do Rio de Janeiro. Pena que eu não enxergo."

"O aluguel lá é barato?"

"Depende. Mesmo que seja, como você vai pagar? Não vai deixar o trabalho?"

"Para a publicidade não volto mais. Impossível voltar. Eu não sei mais fazer aquilo. Acho que nunca soube, mas antes eu sabia enganar. Agora não consigo."

"Consegue, sim. Todo mundo precisa trabalhar, não tem jeito. Você pirou, mas ainda não está rasgando dinheiro."

"Ainda..."

"Pra rasgar tem que ganhar."

"Ou roubar, como a minha filha. A atitude da Sofia desencadeou uma reação química no meu organismo. Acho que uma parte do meu cérebro foi desativada. Ou ativada, não sei."

"Análise. Urgente."

"Quero ficar cego."

"Posso furar teus olhos durante a massagem, mas acho que isso não vai resolver o teu problema. Talvez você continue feliz."

A aeromoça da primeira classe do vôo Londres–Rio da British Airways desfilou pelo corredor empurrando o carrinho com jornais e revistas.

Maria pegou um jornal carioca. Olhou preocupada para o lado. Um inglês jovem, de jaqueta de couro e cabelo engomado, teclava num laptop. Maria era a única negra naquele setor do avião. Apesar disso, sabia que ninguém ali poderia ligá-la às fotos estampadas na primeira página do jornal. Ainda assim sentiu um misto de vergonha e aflição ao ver a foto do rapaz sorridente na formatura da escola britânica Saint James School. Como eles conseguiram aquela foto? O que aconteceu com aquele menino doce que tocava piano? O adolescente que lia *Crime e castigo* e ouvia Stravinsky numa tarde ensolarada de verão, trancado no quarto gélido de ar condicionado, enquanto todos os garotos da idade dele surfavam e jogavam bola na praia?

O menino-prodígio. As coisas começaram a mudar quando

ele passou a ouvir rap e ler a biografia de Malcolm X. Quando foi repreendido na escola britânica por escarnecer, em inglês perfeito, da rainha Elizabeth.

Um casal sentado algumas poltronas à frente conversava em inglês. Ninguém olhou para Maria. Mas ela teve a impressão de que todos os passageiros tinham percebido de repente que ela era a mãe daquele menino bonito e sorridente que tinha assaltado uma casa de câmbio e distribuído dinheiro pela favela como um improvável Robin Hood afro-brasileiro.

Talvez tudo tenha começado pelo nome.

Não se dá o nome de Samora Machel a um filho impunemente.

Os acontecimentos precipitaram sua volta ao Rio. Stephen ainda ia ficar mais alguns dias em Londres, mas logo viria ao seu encontro.

Maria leu as manchetes. Já tinha sido informada de tudo pelo telefone. A mãe dela já tinha ligado, os parentes, as amigas. Todos chocados. O Samora, quem diria, um menino tão educado e gentil. Ela também estava preocupada. E um pouco orgulhosa também, não dava para negar. O menino tinha coragem. E personalidade. Talvez com uma boa conversa tudo voltasse ao normal. E com bons advogados, claro. Stephen se encarregaria disso. Continuou lendo. Queria detalhes. Sofia, a menina de classe média alta que fugiu de casa para ficar com Samora. Eles se conheceram durante o Fórum Social Mundial, em Porto Alegre, e se apaixonaram. O assalto à casa de câmbio do pai de um ex-colega da escola britânica, o Daniel. O Daniel, claro. Ela conhecia o Daniel Levinson. O envolvimento com a traficante Mara Maluca, a adolescente sanguinária que mandava no Morro do Café.

Morro do Café.

Aquele era o ponto que a intrigava. O Morro do Café.

Meu Deus, com tantas favelas na cidade e Samora tinha escolhido logo aquele morro.

O jato de água morna explodia no couro cabeludo e escorria pelo cabelo e pela barba. A barba. Cada dia mais espessa. Estava gostando do aspecto barbado de seu rosto. Ao contrário do que haviam dito Mônica e Lílian, que viam naquele tufo de pêlos a expressão de seu desespero e descontrole, Renato achava que a barba lhe conferia um ar de dignidade. Talvez acabasse realizando seu sonho de juventude e virasse Ernest Hemingway em algum ponto do caminho. Mas para isso, além de deixar crescer a barba, teria de escrever. Renato sentia que a hora se aproximava. Depois que conseguisse falar com Sofia, com a polícia, com os advogados, depois que tudo se resolvesse, aí sim ele sentaria e escreveria. Faltava decidir onde sentaria e o que escreveria. Sentia a urgência se aproximar como uma ventania. Ouviu o toque do telefone por trás do batuque hipnótico da água em seu crânio. Saiu do chuveiro esparramando água pelo chão e atendeu ao aparelho pregado na parede de azulejos brancos do banheiro do hotel.

"Alô?"

Era Tavinho. Avisava que estava na recepção e que Lílian aguardava no carro.

Agora Tavinho servia de interlocutor entre ele e a ex-mulher. Como um advogado de casais em litígio.

"Um minuto. Estou descendo."

Olhou de relance sua imagem no espelho. O cabelo e a barba molhados e escorridos. Os olhos fundos, o rosto vincado, o corpo magro, a pele branca. O pênis escuro e murcho. O saco assimétrico.

A impressão era a de estar diante não de si mesmo, mas de um louco sem memória.

* * *

O jovem inglês de jaqueta de couro e cabelo engomado já tinha desligado o laptop e agora dormia de boca aberta. A primeira classe do vôo Londres–Rio da British Airways estava na penumbra, embalada pelo ruído monocórdio das turbinas do avião. Maria continuava lendo o jornal. Abriu a página que trazia mais detalhes sobre o caso. Já sabia de tudo. Ou quase tudo. Uma pequena matéria chamou sua atenção. Um crime ocorrido dias antes, embora não relacionado diretamente com o caso, mostrava que Samora já vinha colaborando com Mara Maluca havia algum tempo. A cabeça decepada de um estuprador encontrada no mirante do Leblon junto a um recado para a população. Um manifesto político. O primeiro manifesto do jovem guerrilheiro negro Samora da Silva. Maria sorriu. Jovem guerrilheiro negro. Deviam ter colocado Samora Machel da Silva. Continuou lendo. Uma citação à frase do manifesto inaugural dos Panteras Negras, de 1966. Que graça. Só o Samora mesmo. E de repente o sorriso se transforma num esgar. O nome. Ânsia de vômito. Leu de novo aquele nome. Impossível. Quer dizer, possível. Era ele mesmo. Mais que ânsia, vômito. Um jorro descontrolado atingindo o carpete azul da primeira classe da British. A aeromoça correndo em sua direção, tudo girando vertiginosamente como se o estômago de Maria tivesse sido tragado por um ciclone.

"*Are you o.k.?*", perguntou a aeromoça.

Como poderia estar ok depois de ler aquele nome no jornal? Impossível.

Quer dizer, possível.

Era ele mesmo.

4

"Bombou", disse o Anjo.
Ele olhava a foto na primeira página do jornal.
"Bombou", repetiu a si mesmo. Estava sozinho entre barracas montadas numa pequena clareira de uma floresta. A brisa da manhã balançava os galhos das figueiras e as folhas altas das paineiras. A floresta de Sherwood, como dizia Samora, numa piada que Mara Maluca e o Anjo não entendiam. Uma piada que ninguém entendia. Só Sofia. Às vezes ele também chamava o lugar de Sierra Maestra, ou Selva Lacandona, ou Monte Santo, mas ninguém entendia do mesmo jeito. O Gringo é assim, diziam. Esquisito.

O Anjo trazia jornais, comida enlatada e um saquinho com pães quentes. Alguns jogos eletrônicos para o pessoal se distrair. Latinhas de Coca-Cola. Carregava um pacote encomendado por Samora, mas Mara Maluca não podia saber. Uma máquina fotográfica. O Anjo tinha descido até a favela antes do dia nascer, cuidando para não chamar a atenção. Havia garotos armados espalhados pelo mato. Tinham cavado algumas trincheiras no entorno do acampamento. Técnicas de guerrilha na selva, segundo Samora. Aprendera lendo as *Memórias de Ho Chi Minh*. A resistência vitoriosa dos *vietcongs* surpreendendo a supremacia norte-americana com túneis subterrâneos, trincheiras e armadilhas. Enquanto isso os garotos jogavam games e ouviam música nos iPods. Davam comida aos macacos que passavam por ali. Matavam o tempo. Atiravam nos macacos. Só para ver os bichos caindo das árvores e se espatifando no chão. Plof! Esperando. Alguns garotos dormiam encostados nos troncos das mangueiras. Um menino urinava na trincheira de Ho Chi Minh. Sem camisa, de tênis Nike, ou Reebok, ou Mizuno, e cordão de ouro no pescoço. Todos com celulares Nokia, ou Samsung, ou Motorola, e pistolas automáticas Luger, ou Rugger, ou Mauser. Eles conheciam as marcas dos tênis, dos celulares e das automáticas. Mas não sabiam os nomes das árvores. Animais tecnológicos numa selva ancestral, dizia o Gringo. O que sobrara da mata atlântica. Garotos armados na floresta agonizante. Subprodutos de não se sabe o quê. O Gringo dizia coisas assim. Um ou dois soldados trepados nas copas mais altas, vigiando, prontos para atirar. Treinando a mira nos macacos idiotas. Soldados. Era assim que o Gringo chamava a todos. Soldados. Agora eram soldados de uma causa. Que porra de causa era essa? O Gringo dizia que precisavam de treinamento físico e intelectual.

Intelectual, é mole?

Lia textos chatos em voz alta. Fazia os garotos treinarem tiro ao alvo.

O Gringo é assim. Esquisito.

Esperar o quê de um cara que se chama Samora?

Mas ele tinha contatos. E seus planos davam certo. E seu nome saía todo dia no jornal e na TV.

"Bombou", disse o Anjo.

Mara Maluca estava numa barraca, deitada num colchonete. Acordada às sete da manhã, ansiosa e irrequieta. Aquela condição a incomodava. Estrangulada pela polícia, sem poder atuar. À mercê de um playboy preto e esquisito que falava coisas sem sentido, mas com bons contatos no asfalto. Assaltos fáceis que garantiriam sua sobrevivência até as coisas voltarem ao normal. Pena que tivesse a intuição incômoda de que as coisas não voltariam mais ao normal. Poucos dias antes, haviam escapado da favela para o mato, fugindo dos homens da Homicídios, que haviam subido o morro em busca de Sofia e de Samora. A situação, àquela altura, já estava difícil para Mara Maluca. Os negócios iam mal desde o ataque dos canas ao bonde que trazia Perro

Blanco e Diezpesos, o que proporcionou à polícia o controle das entradas da favela, impossibilitando a chegada da droga. Mara Maluca tinha consciência de que não agüentariam muito tempo na floresta. Sabia que a polícia planejava um ataque especializado. Ninguém conhecia as trilhas da mata tão bem quanto os traficantes, todos nascidos e criados por ali, acostumados a brincar no mato desde criancinhas. Mas a polícia saberia se organizar, chamar gente do exército e da Federal para tirar os bandidos dali. Ainda que conseguissem escapar da polícia, teriam de tomar cuidado com Cara de Rato, o traficante da favela vizinha, no Morro do Funil. Cara de Rato não perderia a oportunidade de se livrar de Mara Maluca para assumir o controle da venda de drogas no Morro do Café. O fim daquela aparente tranqüilidade era uma questão de tempo. Pouco tempo.

O Anjo entrou na barraca e mostrou a Mara a foto na primeira página do jornal: os pais de Sofia Pellegrini chegando à delegacia. O drama da família de classe média. Mais fotos: Lílian chorando. Renato barbudo. Felipe chegando do colégio. Fotos antigas de Samora no Fórum Social Mundial em Porto Alegre. Samora sorrindo sentado em frente a uma barraca parecida com aquela em que estava agora, ali ao lado.

Mara Maluca olhou as fotos. Folheou o jornal. Saiu da barraca com o jornal na mão. O solo era irregular, úmido, inclinado. Aquele lugar era uma merda. Olhou o mar lá embaixo. Dali dava para escutar o som dos carros. A cidade despertando.

Caminhou até a barraca de Samora e Sofia.

"Acorda, crioulo."

"Eu estou acordado. Eu nunca durmo."

"Lê o jornal pra mim."

Samora saiu da barraca.

"Vou te ensinar a ler. Você precisa sair da pré-história."

"Pra quê?"

"Não dá pra lutar sem saber ler."

"Outra hora, Gringo. Lutei a vida inteira sem ler um a. Lê essa merda logo."

Samora leu as notícias para Mara Maluca. Disfarçava a euforia. Um sonho se realizava. Os jornais se referiam a ele como o *"jovem guerrilheiro idealista"*. *"O menino negro que retornava às origens, distribuindo dinheiro para os favelados."*

"Acho que eles falam muito de ti e pouco de mim", disse Mara Maluca.

"E daí? Você quer ficar conhecida, ter tua foto gravada na memória de todos os canas da cidade?"

"Eu não. E tu?"

"Eu quero", disse Samora.

Ele percebeu que chegara o momento de produzir a foto que vinha planejando fazer havia algum tempo. Vivemos na era visual, pensava. A imagem é a realidade. O que não está registrado visualmente não existe. Reuniu o grupo para uma foto. Teve que convencer Mara Maluca da importância de um registro histórico. Ela acabou topando, contanto que não mostrasse o rosto. Gostou da maneira como Samora pronunciou *histórico*. Adjetivos soavam imponentes na boca dele. Alguém lembrou que no filme *Cidade de Deus* os bandidos também posaram para uma foto. Mas naquele tempo os bandidos ainda tinham rosto. O Anjo trouxe a câmera que Samora havia encomendado. O grupo se posicionou: Mara Maluca, o Anjo e vários garotos, todos com camisetas enroladas na cara ou capuzes ocultando as feições. Samora e Sofia não se esconderam, mostraram o rosto. Empunharam armas. Samora segurava um fuzil AK numa das mãos e na outra um livro com Che Guevara na capa. A famosa fotografia de Alberto Korda que mostra a expressão confiante e levemente melancólica de Che usando uma boina com uma estrela.

Pelinha bateu a foto.

Depois o grupo se dispersou. Os garotos se posicionaram. Árvores e trincheiras. Anjo e Mara Maluca foram para as barracas. Sofia voltou a dormir.

Samora estava excitado. A leitura dos jornais e a produção da foto elevaram seu espírito. A sensação era boa. Euforia. A certeza de estar fazendo a coisa certa. *Do the right thing*, Spike Lee, pensou. *Cidade de Deus*, Paulo Lins. Spike Lins. As conexões cerebrais ativadas. Ferréz, Matisyahu, nomes formando um novo idioma. Spike Lee, Tupac, Zumbi. Que tal criar um rap? Spike Lee, Tupac, Zumbi...Um hino?

Caminhou pelo mato, cantarolando.

"Sierra Maestra, Chiapas, Sherwood, Tijuca. Cienfuegos, Guevara, Sandino, Maluca."

"Aí, alô, câmbio, alô..."
Som de estática, um sentinela fazendo contato pelo rádio. O aparelho receptor estava dentro da barraca de Mara Maluca.
"Alô, aí, tem alguém subindo a trilha..."
Alerta.
Mara Maluca tirou as duas Sig-sauers douradas da cintura e saltou para fora da barraca.

Em sua sala na Delegacia de Entorpecentes e Repressão ao Tráfico, Wembley Medeiros abriu o jornal direto no caderno de esportes. O Vasco ainda tinha chances de se classificar para a Libertadores. Será? Em seguida leu as notícias policiais. O "jovem guerrilheiro negro de classe alta" aparecia em várias matérias. Apesar de ainda não ter conseguido prender o bando, Wembley estava satisfeito. As peças moviam-se conforme ele planejara. Era um bom enxadrista. A ação conjunta das polícias havia sufocado Mara Maluca. A droga não chegava mais ao morro com a mesma facilidade de antes. Mara Maluca fora obrigada a fugir para o mato e a se unir a um garoto idealista e ingênuo que havia cometido um assalto amadorístico, embora criativo. Mara Maluca era traficante de drogas, não assaltante. Wembley não demoraria a prendê-la. Samora viria junto, como um bônus. Mas precisava ainda de uma prova irrefutável que incriminasse a traficante e convencesse o secretário de Segurança da necessidade de uma operação especializada, já que não era fácil localizar os bandidos na floresta da Tijuca sem apoio logístico do exército e da polícia federal. Uma confissão de Perro Blanco, por exemplo, facilitaria as coisas. Por enquanto o melhor a fazer era ganhar tempo, deixando que os traficantes começassem a sentir os efeitos desgastantes do confinamento na mata, como falta de comida e desconforto.

Alguém bateu na porta.

"Entra."

A investigadora Vanessa: "Doutor Wembley, tem uma mulher querendo falar com o senhor".

"Quem é?"

"Maria McClintock. Disse que é mãe do Samora da Silva."

"Manda entrar."

"Ei! Sou eu!"

Chayene estava assustada com tantas armas apontadas para sua cabeça. Trazia uma garrafa térmica.

"Andei um tempão pelo mato e é assim que a galera me recebe?"

Viu alguns garotos nas trincheiras, prontos para atirar.

"Qual foi, vacilona?", disse Mara, guardando as pistolas na cintura. "Eu mandei subir?"

Garotos em cima das árvores.

O Anjo com a escopeta na mão. Garotos surgindo do mato com submetralhadoras e pistolas. Mara olhou para a trilha por onde Chayene chegara à clareira.

"Alguém te seguiu?"

"Claro que não, Maluca. Sou safa. Vim ver se está tudo na paz." Ela mostrou a garrafa térmica. "Trouxe café com leite."

"A paz acabou. Deixa o café aí e vaza. Não aparece mais aqui, Chayene."

Chayene seguiu em direção à trilha que a levaria de volta à favela. O coração apertado. Olhou de relance para a barraca de Samora, queria vê-lo, mas ele não estava por ali. Pela fresta da lona viu a patricinha dormindo. Pele branca, cabelo preto e liso. Respiração ritmada. Tranqüila. Dormindo. Como Nina, pensou.

A jovem Nina Mikhaílovna Zariêtchnaia, filha de um rico proprietário de terras, a personagem de Tchecov que Chayene interpretava em A *gaivota*.

Sofia fez um movimento com a mão, espantando um mosquito do rosto.

Chayene apressou o passo, não queria que a patricinha a visse. Sentia-se feia e gorda.

5

"Eu preciso falar com o meu filho."

Wembley olhou a mulher negra e elegante parada à sua frente.

"Wembley Medeiros, muito prazer", disse, estendendo a mão.

"Maria McClintock", ela respondeu, retribuindo o cumprimento. "Desculpe, estou nervosa."

"Tudo bem. Sente-se, por favor."

"O senhor tem filhos?", ela perguntou, enquanto sentava numa cadeira em frente à mesa do delegado.

"Eu tenho. Uma menina. Quer dizer, uma moça. Tem dezesseis anos."

"Então o senhor entende o meu problema."

"Minha filha não assaltou ninguém."

"Mesmo assim o senhor pode entender o meu problema, não pode?"

"Eu entendo. Mas não sei como ajudar."

"Eu preciso falar com ele. É meu filho! Talvez o Samora se entregue se eu falar com ele."

"Minha senhora, se eu soubesse como encontrar seu filho, ele já estaria preso."

"Li no jornal que eles estão escondidos na floresta."

"Devem estar mesmo. Mas é difícil entrar naquele mato pra prender bandido. Eles conhecem aquilo como ninguém."

"Meu filho não é bandido."

"Ele assaltou uma casa de câmbio."

"Ele tem um ideal político. É um menino ingênuo, idealista."

"Assalto não é idealismo."

"Eu preciso falar com ele."

Wembley teve uma idéia. O barato da profissão. Melhor que sexo ou droga. Pelo menos as que ele tinha experimentado. Talvez funcionasse. Talvez Maria não percebesse o objetivo por trás da idéia.

"A senhora pode tentar mandar uma mensagem a ele pela imprensa."

"Como?"

"Dar uma entrevista, dizer que precisa muito falar com ele. Talvez o Samora fique sabendo. Os bandidos se mantêm bem informados lá em cima."

Maria pensou naquela possibilidade.

"Eu organizo a entrevista", prosseguiu Wembley. "Posso chamar alguns jornalistas aqui."

"Se eu der a entrevista na delegacia, o Samora pode pensar que é uma armação da polícia."

Esperta, pensou Wembley. Gostosa também. Chique. Mas já tinha mordido a isca.

"A senhora faz a entrevista em outro lugar. Pode ser na sua casa ou onde achar melhor. Numa livraria..."

"Por que numa livraria?"

"Sei lá. Pra dar a idéia de um evento cultural."

"Não é um evento cultural. Pode ser na minha casa."

"Em casa é bom."

"O senhor tem como organizar isso pra mim?"

"Claro. Eu peço pra ligarem agora para os jornalistas."

Wembley pegou o interfone. Maria o interrompeu.

"Só mais uma coisa."

"Pode falar."

"Sabe aquele homem que teve a cabeça arrancada? O estuprador?"

"Sim."

"Como era mesmo o nome dele?"

"Não lembro."

"Ramiro Santafiel Silva?"

"Pode ser."

"O senhor tem como checar isso pra mim?"

"Por que a senhora quer saber o nome do estuprador?"

"Curiosidade."

Wembley pegou o interfone e chamou a investigadora Vanessa à sua sala.

* * *

Dentro da barraca havia livros, armas e notas de dólares. Camisinhas e absorventes higiênicos conviviam com textos do subcomandante Marcos e biografias de Che Guevara. Com memórias de Ho Chi Minh. Com os dez pontos do programa dos Panteras Negras. No ar um cheiro de talco, uma reminiscência do quarto da menina de Ipanema.

Samora não estava ali.

Sofia olhou pela fresta. Ventava lá fora. Saiu da barraca e se espreguiçou. Quase ninguém na clareira, as barracas fechadas, os bandidos dormiam. Alguns garotos espreitavam. Olhavam para ela como se para um ser encantado, alguém que não existisse de verdade, um personagem de game. Caminhou pelo mato. Como já acontecera algumas vezes desde que fugira de casa, questionou-se. Havia tomado a decisão certa ao abandonar tudo para se juntar a Samora? Quando estava ao lado dele ela não sentia dúvidas. Mas às vezes, quando ele dormia ou saía de perto dela, percebia a dúvida brotar delicada como uma semente de feijão em algodão molhado. Seria aquela a forma mais acertada de lutar por um mundo melhor? Ali, confinados naquela floresta ao lado de bandidos boçais? A paixão que Sofia sentia por Samora a impedia de fazer um julgamento objetivo dos fatos. Rajadas de vento balançavam as copas altas das árvores. Sofia lembrou de desenhos animados antigos. A floresta não era tão colorida como nos desenhos, imagens de um mundo mágico em que princesas adormeciam em florestas e conversavam com troncos de árvores. No entanto era mais sonora. Aquele lugar era cheio de ruídos. Sofia conhecia as plantas, sua mãe era paisagista. Desde pequena via fotos de árvores e flores em livros. Fotos de jardins e parques exuberantes projetados por Burle Marx. Orquídeas e samambaias como bichinhos inofensivos na sala do apartamento. Na floresta ela reconhecia oitis, ipês e flamboyants, mas também percebia seus sons. De perto as árvores pareciam feras adormecidas. Prestou atenção ao som: água corria em algum lugar próximo. Seguiu o som da água.

Chayene chegou em casa e viu um bilhete na geladeira: "*Chayene, onde tu foi a uma hora dessa? Cadê a garrafa de café? Não está andando de novo com aquela gente, pelo amor de deus. Cuida do Chaves direitinho, manda ele pra creche direitinho. De noite a gente conversa. Me espera em casa. Deus te abençoe. A mãe*".
Foi até o cubículo que servia de quarto a ela, à mãe e ao irmão. O menino dormia com a respiração pesada. Chayene estava estranha. Frustrada e excitada ao mesmo tempo. Sentia-se inflada por dentro, como se não coubesse no próprio corpo. Deitou sem fazer barulho. Viu sobre a penteadeira o rosto de Bob Marley na capa do CD que Samora lhe dera de presente quando se conheceram. *Natty Dread*. Enfiou a mão sob a bermuda e a calcinha. A boceta molhada, viscosa. Quente. Começou a se masturbar. Bob Marley e Samora eram parecidos. Pensou em Samora nu. Samora e Sofia nus fodendo dentro da barraca.

Maria McClintock tocou a campainha de seu apartamento no edifício Debussy. A empregada, Dulce, uma baiana sorridente, abriu a porta.
"Dona Maria, como foi?"
"Mais ou menos. O delegado disse que eu devo falar com a imprensa, mandar um recado para o Samora pelos jornais. Estou confusa."
Maria largou-se num dos sofás da sala ampla. Olhou a janela, o mar dava a impressão de que ia invadir o apartamento.
"O Stephen ligou?"

"Sim, disse que tinha tentado o celular, mas que a senhora não atendeu."

"Que horas são?"

"Umas dez e meia."

"Em Londres são cinco na frente, é isso?"

"Não sei. Eu não entendo esse negócio de fuso horário. A senhora quer alguma coisa?"

"Um suco de maracujá, por favor. Estou com saudade de maracujá. É difícil achar maracujá em Londres. Quando a gente acha, eles são menores e mais azedos. Mais escuros também."

Maria pegou o celular, mas teve preguiça de ligar para Stephen. Estava cansada, não dormira durante a viagem. Apesar disso, não conseguia se entregar ao sono. Levantou do sofá, caminhou até o aparelho de som e ligou o rádio. Tinha esperança de que a música preenchesse o apartamento como um espírito, uma alma. Sentiu saudades do tempo em que o filho ficava no quarto, anunciando sua presença apenas pelos raps repetitivos e intermináveis que soavam ininterruptamente lá de dentro.

Dulce trouxe um copo de suco de maracujá numa bandeja de prata.

Maria pegou o copo, deu um gole e foi até o quarto de Samora. Olhou as fotos na parede. Che Guevara, Malcolm X e Spike Lee. Sentiu o cheiro do filho. Estranhou o silêncio. Viu o pôster de Bob Marley. O copo caiu no chão, esparramando cacos de cristal, cubos de gelo, suco e sementes moídas de maracujá pelo kilim marroquino. Maria começou a chorar. Ela sempre ficava esquisita quando via uma foto de Bob Marley.

Quando conheceu Ramiro, ele imitava o Bob Marley.

6

Chayene olhou-se no espelho. Achava-se infinitamente feia e gorda. As bochechas suadas. A pele escura e oleosa. O cabelo ruim. Apertou o cabelo contra a cabeça. Merda de cabelo ruim. O quarto ato, pensou. O quarto ato. Eu sou Nina. A jovem Nina Mikhaílovna Zariêtchnaia, filha de um rico proprietário de terras. Respirou fundo. Apertou o cabelo contra a cabeça. Merda de cabelo ruim.

Disse olhando para si mesma: "*Não, não... Não me acompanhe, eu irei sozinha... Os meus cavalos estão perto daqui... Quer dizer que ela veio com ele? Ora, tanto faz. Quando estiver com Trigórin, não lhe conte nada. Eu amo Trigórin. Eu o amo ainda mais do que antes...*".

Chayene notou pelo reflexo do espelho que alguém a observava através da janela, do lado de fora do barraco.

"Que maravilha. Que maravilha de fala. Você está mandando muito bem nesse diálogo, Chayene."

"Professor Humberto! Que susto. Fazendo o quê aí, na moita? Por que não me deu um toque?"

"Eu tentei, Chayene. Mas você estava num momento tão... introspectivo. Falando e se olhando no espelho, concentrada. Eu vi a Nina. Você incorporou a personagem, parabéns. Essa é a magia do teatro! A magia de que eu tanto falo."

"Duvido que a Nina tivesse um cabelo tão ruim."

"A Nina é você. O cabelo dela é o teu."

"Nina crioula de cabelo pixaim? Fala sério. Entra."

"Não quero atrapalhar teu ensaio."

"Entra aí. Deixa de onda."

O professor entrou pela porta destrancada. Sentaram-se no sofá de plástico.

"Outra hora eu continuo. Tenho de levar o Chaves para a creche. Nunca te vejo por aqui tão cedo."

"Hoje é dia de recesso na faculdade. Acho que estou ansioso com a estréia."

"Estou estressadíssima. Nem consegui dormir."

"É assim mesmo. Daqui até o dia só vai piorar. Procure relaxar."

"Até parece."

"Topa dar aquela volta pelo centro comigo? Quero te mostrar o Gabinete Português de Leitura. É um lugar fantástico."

"Hoje não dá."

"Quando dá?"

"Sei lá, professor. Eu e tu dando rolé por aí. Sei não. Não fica bem."

"Me dá uma chance, Chayene", ele botou a mão na coxa dela. Chayene empurrou suavemente a mão de Humberto.

"Não rola, professor. Gosto de tu como amigo."

Houve um silêncio rápido. Uma pausa. Humberto tentou se recobrar da negativa.

"E o Samora?", perguntou. "Sabe dele?"

"Não."

"Ouvi dizer que estão entocados na floresta, aí pra cima do morro."

"Pode ser que eles tenham fugido."

"A polícia fechou tudo lá embaixo. Como iam fugir?"

"Podem ter fugido pelo mato, saindo pelo Morro do Funil."

"Não passariam pelo Cara de Rato."

"O mato é grande, professor."

"Se saíssem da floresta seriam descobertos logo. Eu avisei o Samora. Disse pra ele tomar cuidado, pra não se envolver com essa turma."

"O Samora é diferente. Ele não é bandido. Ele quer mudar o mundo. Acabar com a pobreza e com a diferença social."

"Não é roubando dinheiro e matando gente que se acaba com a pobreza e a diferença social, Chayene."

"Ele não matou ninguém."
"Dizem que foi ele quem atirou naquele estuprador."
"Pra que ele ia fazer isso?"
"Para provar pra Maluca que era de confiança."
"Ele não precisa provar nada."
"Fico puto quando o crime leva alguém que eu poderia ter salvado com a arte."
"O Samora acha que a violência é uma espécie de arte."
"Ele está enganado."
"Preciso acordar o Chaves. Levar ele pra creche."
"Então eu vou indo", disse Humberto.
Levantaram-se.
"Posso beber uma água?"
"Pega na geladeira", disse Chayene. "Tem um copo em cima da pia."
Ela foi acordar o irmão. Humberto viu o bilhete da mãe de Chayene na porta da geladeira. Pegou a garrafa plástica com água. Encheu o copo, mas não bebeu. Olhou de novo o bilhete.
"Tem café?", perguntou.

"Eu não entendi o que você foi fazer na cachoeira", disse Samora. Ele se olhava num espelhinho dentro da barraca. "Corta o meu cabelo?"
"*Spike Lee, Tupac, Zumbi...*", Sofia lia em voz alta o manifesto que Samora tinha acabado de escrever, alheia ao que ele falava. Ela transcrevia cópias do texto em várias folhas de papel que retirava — junto com envelopes e canetas — do pacote trazido pelo Anjo.
"É isso mesmo? O manifesto começa com Spike Lee, Tupac, Zumbi?"
"É", disse ele, largando o espelho.

"Você não acha meio estranho? Parece uma letra dos Racionais."

"As pessoas têm que entender que eu sou diferente. Não quero parecer um membro do Partido Verde, ou da Central Única dos Trabalhadores. Ou um militante da UNE. Ou do Greenpeace. Ou um professor de sociologia."

"Você parece tudo, menos um professor de sociologia."

Sofia voltou a se concentrar no texto que transcrevia.

"Você ainda não me explicou o que foi fazer na cachoeira", insistiu Samora.

"Estou copiando o texto. Por que falar sobre isso agora?"

"Achei estranho."

"O que tem de estranho em tomar um banho de cachoeira? Você também não estava caminhando pelo mato?"

"Estava criando o manifesto."

"E eu estava andando no mato e ouvi o som da água correndo. Aquilo me chamou a atenção. Fui seguindo o chamado da água, só isso."

"E aí entrou na água e ficou lá dentro tremendo de frio."

"A água estava gelada."

"Por que você simplesmente não saiu da água e voltou pro acampamento?"

"Ei! Virou meu pai agora?"

Eles riram. Samora tentou beijá-la.

"Nem vem", ela disse, desvencilhando-se. "Deixa eu acabar meu trabalho."

"Não quero que você se perca. Ou seja presa."

"Ou fique resfriada. Obrigada pela preocupação, mas sei me virar sozinha."

"A gente tem que seguir o plano."

"Sim senhor, comandante."

Sofia acabou de fazer as cópias do manifesto.

Guardaram as folhas de papel em envelopes. Colocaram a máquina fotográfica dentro de um dos envelopes.

"Agora corta o meu cabelo", disse Samora.

"Pra quê? Você está bonito assim."

"Pra ficar diferente. Minha cara está muito manjada. Não posso ser preso antes da hora."

"Você não queria ficar famoso?"

"Pelas minhas idéias."

"Idéias e ações."

"Você está começando a pegar o espírito da coisa."

"Não tem tesoura."

Samora achou no fundo da mochila um canivete com uma pequena tesoura acoplada: "Corta as tranças, pelo menos".

"E se você perder a força, como Sansão? Imagine o Bob Marley sem *dread-locks*."

Alguém bateu na lona, interrompendo o diálogo. Samora saiu da barraca.

"'Bora", disse o Anjo. "Tá na hora."

Depois que Samora partiu, Sofia olhou-se no espelhinho. Tinha emagrecido um pouco. Largou o espelho. Quando Samora não estava ali, a barraca parecia menor.

7

"Como pode a gente viver tanto tempo ao lado de uma pessoa e não conhecê-la nem um pouco? A minha filha. Eu não vou chorar. Fiquem tranqüilos. Eu não vou chorar. Só quero desabafar antes de escutar o que o senhor tem a me dizer. Quando eu tinha dezenove anos o mundo era diferente. Não sei se pior ou melhor. Mas não estava acabando, como agora. Estava acabando de um outro jeito. O mundo estava acabando de um jeito melhor, se é que é possível afirmar uma coisa assim. Esperávamos um fim de mundo mais apocalíptico, cinematográfico. Mas era um final menos doloroso. Uma morte rápida e indolor. Um calor tão grande que acabaria com tudo em poucos segundos. O mundo derretido instantaneamente pela fusão do átomo. Um fim de mundo científico, digno. Quando estava grávida da Sofia, eu tinha um pesadelo recorrente em que o mundo acabava de madrugada e quando eu acordava estava sozinha com aquele barrigão. Aí eu pensava: mas quem vai fazer o parto? O apocalipse, naquela época, era diferente. Existia a promessa de um day after, por mais nebuloso que fosse esse dia. Quando houve aquele acidente nuclear em Chernobyl, eu pensei que bom que isso aconteceu tão longe. Vai demorar para a radiação nuclear contaminar vacas e plantações aqui no Brasil. Teremos tempo de nos salvar do apocalipse distante. Um apocalipse que não me dizia respeito. Eu só queria que a minha filha nascesse saudável. Eu ensinaria tudo a ela. Vegetarianismo, ioga, tarô. Os nomes das plantas, dos filósofos, dos músicos, dos diretores de cinema francês. As boas intenções, as boas maneiras, as boas idéias. Eu separaria o joio do trigo. Eu criaria minha filha para um mundo melhor. A nova era. Uma possibilidade real, de certa forma. Agora não. A nova era se transformou numa crescente degradação da natureza, com pessoas morrendo de sede e fome e devastadas por furacões e enchentes. Os que escaparem dos flagelos do aquecimento global terão de enfrentar a violência social e o terrorismo. O mundo está acabando na minha frente de um jeito torturante. É o meu mundo particular desmoronando aqui e agora. E tenho a impressão de que isso acontece, ou acabará acontecendo, com todas as pessoas. Todos terão seus mundos destruídos, cada um ao seu tempo. Os tais quinze minutos. Não de fama, mas de agonia."

"Você fumou hoje?", perguntou Renato.

"Como assim?"

"Fumou maconha?"

"Renato!"

Lílian dirigiu-se ao advogado, o doutor Iraí Moura Brasil: "Não liga, doutor, o Renato não está muito legal da cabeça. É só olhar pra ele que a gente nota isso".

"Ela fuma maconha", disse Renato. "Eu também, de vez em quando."

"Isso não é problema. Fiquem à vontade. Eu defendo a descriminalização da maconha. Faço parte de uma comissão suprapartidária que analisa a questão."

"Eu fumei", confessou Lílian.

"Tudo bem", disse o advogado. "Tenho amigos que fumam. Pode prosseguir com a sua explanação, dona Lílian. Estava interessante."

"Não é uma explanação, é um desabafo. O senhor também fuma?"

"Não."

"Nunca experimentou?"

Iraí Moura Brasil deu um sorriso amarelo: "Uma vez. Na adolescência. Só uma vez. Mas não senti o efeito".

"Não sentiu nada diferente?", perguntou Lílian.

"Acho que devemos ser mais objetivos", sugeriu o advogado. "Vocês estão nervosos, é compreensível. Eu tenho uma estratégia para livrar a cara da Sofia."

"Livrar a cara?", perguntou Lílian. "Ela não precisa livrar a cara."

"Precisa sim, dona Lílian. A não ser que a senhora queira que ela seja presa."

Livrar a cara, pensou Lílian, não era um termo que esperava ouvir de um advogado conceituado.

"A senhora quer que a Sofia seja presa?"

"Não."

* * *

A moto costurava entre os carros.
O Anjo pilotava, Samora na garupa.
Usavam capacetes para não ser reconhecidos. Samora teria preferido capuzes, mas chamaria a atenção. Ficaria parecido com o subcomandante Marcos, e essa era uma tentação. O subcomandante explicara uma vez num manifesto a razão de esconder o rosto e intitular-se, a si e a todos os zapatistas, de Marcos. Afirmou que Marcos é o gay de San Francisco, o negro da África do Sul, o asiático da Europa, o hispânico de San Isidro, o anarquista da Espanha, o palestino de Israel, o indígena de San Cristóbal, o roqueiro da cidade universitária, o judeu da Alemanha, a feminista dos partidos políticos, o comunista do pós guerra-fria, o pacifista da Bósnia, o artista sem galeria e portfólio, a dona de casa num sábado à tarde, a mulher no metrô depois das dez da noite, o camponês sem terra, o editor marginal, o operário sem trabalho, o médico sem consultório, o escritor sem livros e leitores. Samora resignou-se. Ele não precisava de nenhum capuz para ser Marcos.

A ação era arriscada. Por essa razão Samora não falou nada para Mara Maluca e agiu com a conivência do silêncio do Anjo. Ele sabia que isso traria problemas, mas era fundamental que distribuísse suas idéias nos lugares certos. De outra forma, tudo não passaria de simples bandidagem. Assaltos e assassinatos. Era preciso explicar. Teorizar, embasar. Justificar. O plano era esse.

Sentiu a pressão do vento contra os olhos.

Queria que Sofia tivesse cortado seu cabelo, mas não deu tempo.

Ziguezague. Rápido o suficiente para não serem notados.

Dois crioulos de capacete numa moto de segunda mão, quem liga?

Contanto que não parassem ao lado das janelas dos carros, levantando a desconfiança dos motoristas preocupados com a segurança de suas carteiras e relógios, tudo bem. Evitando sinais vermelhos. Tentando não chamar a atenção. Afinal, o rosto de Samora estava na maioria dos jornais.

O frio na barriga.

Samora segurando ao mesmo tempo os envelopes e a cintura do Anjo.

"Eu já andei nas maiores montanhas-russas do mundo", disse.

O Anjo acelerou. E daí? Por que o Gringo vive falando coisas sem sentido? Ultrapassaram um ônibus. Chegaram à sede do jornal. O Anjo parou rente à calçada.

"Não vou desligar."

Samora desceu. Tirou o capacete. Foi até a recepção do jornal e entregou os envelopes à recepcionista. Havia seguranças distraídos por ali. Um motoboy crioulo carregando um monte de envelopes e um capacete não causava grande comoção entre eles.

"Você está me reconhecendo?", Samora perguntou à recepcionista.

Ela fez que não.

Ele pegou um exemplar do jornal sobre o balcão. Mostrou a própria foto na primeira página. A moça arregalou os olhos. Sem fala. Samora levou o dedo à boca pedindo silêncio. Ela não ia falar nada. Nem se quisesse.

"Entregue esses envelopes ao editor-chefe da redação. Diga que foi o Samora Machel da Silva quem te instruiu pessoalmente."

Ela aquiesceu. Sem fala.

Samora mostrou os envelopes: "Cada um é endereçado a uma instituição diferente. Organizações do império. Diga isso ao editor. O manifesto é endereçado a diferentes organizações do império".

A moça sussurrou: "Sim".

"Aqui tem uma câmera fotográfica. Diga a ele para publicar as fotos que estão registradas na câmera. Diga isso a ele, fotos inéditas de Samora Machel da Silva."

Dessa vez ela nem sussurrou. Fez que sim com a cabeça.

"Não entendi por que você me entregou pro advogado, foi dizer que eu fumo maconha. Virou dedo-duro depois de velho?"

"Não te entreguei. Achei que era importante ele entender que você estava viajando, só isso."

"E qual o problema? Depois de tudo que me aconteceu, não tenho o direito de dar uma viajadinha?"

Após a reunião, Lílian, Renato e Tavinho foram até um bar próximo ao escritório da Moura Brasil e Associados, na praça Mahatma Ghandi, no centro da cidade. Tavinho não participara da reunião, mas aguardara Renato e Lílian na recepção.

"Calma", disse Tavinho.

"Eu estou calma, Tavinho. Hoje em dia todo mundo vive me pedindo calma. Calma, calma. Eu estou calma, ok?"

Tavinho pediu três cafés.

"Desculpem, estou nervosa", disse Lílian.

"Tudo bem", disse Renato.

Tavinho abraçou-a. Lílian fechou os olhos por alguns instantes durante o abraço.

Tomaram café em silêncio.

"Vocês gostaram do advogado?", perguntou Tavinho.

"Ele disse que vai impetrar um *habeas corpus* preventivo", explicou Renato. "Citou um princípio jurídico, o *nom compos mentis*, segundo o qual não se pode imputar crimes a alguém que age sem controle das próprias faculdades mentais. Vai alegar que Sofia está sob coação, descontrolada emocionalmente, e por isso não pode responder criminalmente por seus atos."

"Parece uma boa estratégia", disse Tavinho.
Depois, pediu a conta.
Os três ficaram quietos enquanto Tavinho pagava os cafés.
Um silêncio sólido como um monumento.

Sofia voltou à floresta.
Não havia mais o que fazer na barraca. Os livros já não a atraíam com a mesma intensidade. As palavras de Noam Chomsky e Naomi Klein, de alguma forma, estavam deixando de fazer sentido ali, naquele mato. Davam sono em Sofia. Até mesmo os textos de Vandana Shiva, a ativista indiana defensora das florestas, pareciam dizer a Sofia: largue as palavras e enfie-se na mata. Descubra alguma coisa além das palavras. Coisas com cheiro. Coisas que floresçam e apodreçam. Tinha consciência de que era uma estranha naquele lugar. Uma estrangeira. Como Samora, a quem chamavam de Gringo. No fundo, achava-o um pouco ingênuo. Mas só de pensar nele sentia uma coisa diferente. Uma ondinha elétrica percorrendo os órgãos internos. Como a brisa balançando as folhas. Shhhh. Sofia começava a entender a linguagem das árvores. Seguindo a sugestão silenciosa contida nas entrelinhas de Vandana Shiva. Os recados dos ipês, dos angicos e dos jequitibás. Os sussurros das quaresmeiras. Os discursos dos abricós de macaco e dos baobás. Shhhh. Pensou em Chris McCandless. A floresta da Tijuca não era o Alasca, mas alguém também poderia morrer ali com heroísmo e dignidade. Mergulhando calmamente no grande fluxo da existência. Adubando o solo com matéria orgânica produzida por um corpo em decomposição. O canto de um bem-te-vi chamou sua atenção. Bem te vi. A língua dos pássaros, os trinados cristalinos e melódicos. As árvores precisavam do vento para dar som às folhas. Sofia pensou em notas graves de uma flauta de bambu.
Como sempre, uma questão de disciplina e atenção.

Bem te vi.
Sentou sobre uma raiz e escutou.
Organizou mentalmente os sons. Catalogou cada um deles. Os pássaros, o vento, a água. Gritos distantes. Carros, explosões esporádicas longínquas, a linguagem da cidade.
Fechou os olhos, escutando.
Ouviu passos sobre as folhas, abriu os olhos.
O homem a encarava.

Ilana franziu o rosto e gemeu baixinho.
Renato nunca tinha visto uma cega gozando.
Aquilo aumentou o tesão dele. Gozou em seguida. Um ronco alto. Ficou preocupado que algum hóspede nos quartos vizinhos escutasse. Ou que Ilana estranhasse aqueles ruídos. Renato não gostava de ouvir os sons que produzia quando gozava. Achava-os um pouco grotescos.
Logo depois pensou que uma cega gozando não era muito diferente de uma não-cega gozando.
Ela sorriu: "E aí?".
"O quê?"
"Viu como eu gozo?"
"Vi."
"É diferente?"
"É."
"Por quê?"
"Você continua de olhos fechados depois que goza."
"E agora?", ela perguntou. "O que você quer?"
"Nada."
"Nada?"
Ilana aproximou o rosto do peito de Renato e respirou fundo.
"Eu acho o teu cheiro um tesão", disse.

8

Mara Maluca recebeu Samora com um soco no rosto. Ele caiu sentado. O nariz sangrando. Tentou com a mão estancar o sangue que escorria do nariz.

O Anjo disse: "Qual foi, Maluca?".

Ela pegou uma das Sig-sauers e deu uma coronhada ruidosa no rosto do Anjo.

"Só não mato os dois porque preciso de mão-de-obra. Quem mandou vocês saírem sem me avisar? Podiam ser presos, ferrar tudo. Quem garante que os vermes não seguiram vocês dois até aqui?"

"Fomos e voltamos pelo mato, saímos pela Gávea", disse o Anjo. "Um compadre ajeitou a moto, estava escondida perto do Caminho das Almas. Os vermes não conhecem a quebrada."

Samora tentou levantar, mas Mara Maluca deu-lhe um chute no peito.

"Fica na tua, playboy."

Samora pulou e agarrou as pernas dela, derrubando-a. Começaram a rolar pelo chão irregular, lutando. Ralando as costas em pedras e pedaços de pau. Os garotos apareceram, saindo de suas tocas para assistir à luta.

Pelinha ficou ansioso. Pegou a arma.

"Guarda o cano!", disse o Anjo. "Guarda o cano. Deixa rolar."

Samora imobilizou Mara Maluca com um golpe de jiu-jítsu. As aulas na academia. A preparação. O menino bem-educado.

"Pára com essa merda, Maluca. Vamos conversar."

Samora olhou para os garotos armados, observando. Não havia armas apontadas para ele. Foi soltando os braços de Mara Maluca aos poucos, afrouxando. Deixando-a respirar.

"Me solta", ela disse. "Vamos dar um papo. Na moral."

Samora soltou. O nariz sangrando.

Os dois se levantaram. Os garotos dispersaram.

"Chega aí", disse Mara Maluca.

Samora acompanhou-a até uma paineira próxima. Pararam atrás do tronco grosso e reto como uma coluna grega verde cheia de espinhos. Estavam suados, ofegantes. O nariz de Samora ainda sangrava.

"Eu podia te mandar pro ralo", ela disse.

"Por que não manda?"

"Porque não dá. Agora não. Tu ficou grande, Gringo. Não viu a cara dos pirralhos? Eles te respeitam."

Mara olhou para cima. O céu escurecendo. O vento balançando as painas.

"Eu não quero o teu poder", disse Samora. "Não quero ser o chefe do teu bando."

"Nem se quisesse. Tu não tem liderança, Gringo. É um dom que Deus não te deu."

"Não quero ser líder de ninguém. Quero conscientizar as pessoas. Zapata dizia que um povo forte não precisa de um líder forte."

"Por que tu fala essas coisas ridículas? É pra me irritar? Zapata é o caralho. Vaza, Gringo. Deu no saco. Vaza senão vou te matar."

"Eu vou vazar. Preciso de alguns dias. Deixei um manifesto no jornal. Amanhã todo mundo vai saber que eu estou aqui de passagem. É só o começo pra mim. Meu caminho é longo. Minha causa é outra."

"Eu não quero causa. Quero casa, comida, mulher e bagulho. E logo, porque a vida é curta. Só isso. Sou uma pessoa simples, Gringo. Tu é muito ambicioso."

"Vamos manter os planos. Em nome da nossa amizade. Realizar a operação hoje à noite. Rachamos a grana e depois eu vazo. Você fica livre de mim."

Samora sabia pronunciar os substantivos certos. *Amizade* suavizou os ímpetos de Mara Maluca.

"Não vai ser fácil sair daqui", ela disse. "Tua cara está na televisão e no jornal. Alguma hora eles te pegam."

"Eu não ligo. Tenho um plano."

"Eu sei", disse Mara Maluca. "E se não der certo?"

O enfermeiro abriu a cortina.

"Visita", disse.

Perro Blanco viu Wembley Medeiros se aproximar e puxar uma cadeira.

Mierda.

Toda vez que Wembley puxava a cadeira, Perro Blanco sabia que seu calvário recomeçava. A via-crúcis.

Wembley tirou um cigarro do bolso e ofereceu-o a Perro Blanco.

O colombiano estranhou.

Wembley manteve a mão estendida. Perro Blanco pegou o cigarro com a mão esquerda, já que a direita estava algemada à cama. Sua mão tremia um pouco. Wembley riscou um fósforo. Perro Blanco acendeu o cigarro, fechou os olhos e sorveu a fumaça numa tragada interminável, como um afogado que reencontra o ar. Sentiu-se encorajado pela nicotina.

"Quanto?", perguntou num portunhol vacilante.

Wembley sorriu.

"Calma. Calma", disse pausadamente. Falava devagar para que Perro Blanco pudesse entender. "Não vai ser tão fácil."

Perro Blanco deu mais uma tragada. Saboreando, guardando a fumaça nos pulmões. Esperando que ela nunca saísse de lá.

"Quanto?"

"Não é dinheiro. Não sou corrupto. A corrupção é o maior problema da América Latina. Eu sou honesto, como você. Você me daria alguma informação em troca de dinheiro?"

"No."

"Então. Meu preço é maior. Maior que dinheiro."

"Quanto?", repetiu Perro Blanco.

"Eu quero informação. Me conta tudo. Como funciona o esquema."

Perro Blanco sorriu.

"Ironia não vai te ajudar. Você não tem muitas opções."

"O que ganho em troca?"

"A liberdade. Mano a mano", disse Wembley.

Perro Blanco sorriu de novo. Debochado. Rá, rá.

"Sou a tua única chance. O consulado já está providenciando a papelada. Alguém da polícia colombiana está vindo pra cá."

"Mentira."

"Ruy Herrera, da polícia de Cartagena das Índias. Conhece?"

Perro Blanco tentou manter-se impassível. Um leve tremor nas pálpebras talvez não tenha sido notado por Wembley.

"Mentira."

"Pode ser. Espere pra ver."

Perro Blanco ficou quieto. Ansioso. Tentando entender o que passava pela cabeça daquele policial que sorria para ele.

Aquele homem irritante que agora lhe oferecia cigarros.

Anoiteceu.

O investigador Zé Luís tinha marcado o encontro num botequim da rua do Senado. O lugar era freqüentado por trabalhadores da região e gente que passava pelo centro da cidade. Não era um bar em que houvesse tiras. Ideal, portanto, para aquele tipo de encontro. Mesmo que algum conhecido passasse por ali, não haveria problema, o lugar não era distante do prédio da polícia civil, na rua da Relação. Mas era improvável encontrar um conhecido àquela hora. O expediente de trabalho já terminara e ameaçava chover. Zé Luís trabalhava no centro, mas era um homem do subúrbio. Um solitário que vivia num sobrado espaçoso em Duque de Caxias, com quartos intactos à espera dos filhos nas férias. Um homem que matava o tempo fazendo exercícios abdominais no tapete da sala silenciosa e que, aos domingos, visitava religiosamente a mãe e almoçava com ela sempre o mesmo prato de rabada de boi com rúcula e polenta. Um insone que atravessava madrugadas no sofá assistindo a filmes de ação na TV a cabo. Os de Steven Seagal eram os favoritos. Zé Luís acabava de sair da delegacia. Dirigia o carro por ruas secundárias, evitando as avenidas principais, escapando do trânsito intenso do fim de tarde. Antes de o expediente terminar, recebera a notícia de que Wembley Medeiros, da delegacia de Entorpecentes, fora designado oficialmente para chefiar a operação que prenderia Mara Maluca, Samora, Sofia e o resto do bando do Morro do Café. Wembley fizera seu dever de casa. Apresentara ao secretário de Segurança Pública o resultado de suas investigações minuciosas sobre o envolvimento de Mara Maluca e outros traficantes cariocas com as Farcs e o tráfico internacional de drogas. Explicou que estava trabalhando no caso da Maluca e dos colombianos desde o começo do ano. Ganhou o direito de comandar a Operação Guerrilha, assim batizada numa homenagem irônica aos "guerrilheiros", como a imprensa se referia ao bando de Maluca. Ou o bando de Samora, já que ninguém sabia quem de fato liderava aquele exército claudicante. Não havia guerrilha nenhuma em curso, pensou Zé Luís, enquanto esperava um sinal abrir. Só a miséria de sempre, temperada por um garoto desajustado. Um adolescente megalômano que se via como ativista político. Loucura total, concluiu. Melhor seria deixar Wembley tomar as rédeas. Prender todo mundo, provavelmente preservando as vidas de Samora e Sofia, devido ao clamor público e à simpatia que despertavam numa parcela da sociedade. Mas e se alguma coisa saísse errada? E se Sofia insistisse em lutar até a morte? A ambição de Wembley era desmedida. Queria entrar para a política, se destacar, ficar famoso. Queria chefiar a polícia, eleger-se deputado, apresentar um programa na TV. Wembley pensava em si mesmo, acima de tudo. Saberia proteger Sofia numa situação-limite? Zé Luís duvidava. O pior de tudo é que Zé Luís se deixara envolver pela dor de Renato e Lílian Pellegrini. Testemunhava com pesar a lenta desintegração psicológica dos dois. A incapacidade da polícia de aplacar-lhes o sofrimento. A inoperância. Aquele drama o sensibilizara. De certa forma se identificara. Pensou nos filhos, em Belo Horizonte, e na ex-mulher. Zé Luís vivia sozinho, não conseguia viver com ninguém. Nem com a mãe, que já estava muito velha e necessitava de cuidados e vigília constantes. Mas pensava sempre nos filhos e na ex-mulher. Gostaria de viver com eles, mas não conseguia. Já havia tentado e não dera certo. Começou a cair uma chuva fina. Ele não precisou ligar o limpador, já chegara a seu destino. Deixou o carro num estacionamento próximo, ali não era fácil encontrar vagas. Caminhou até o botequim. O investigador Helinho aguardava no balcão, tomando guaraná. Cumprimentaram-se com discrição, como se mal se conhecessem.

"O Wembley vai comandar a operação, acabei de saber", disse Zé Luís. "Vou tentar descobrir a data da invasão, mas quero a Sofia fora de lá antes da chegada da Entorpecentes. Temos que achar a menina."

"É complicado. *Neguinho* não abre a boca."

"Quem é que pode ajudar a gente a encontrar o acampamento?"

"Não sei. A Federal tem alguém lá em cima. O agente que ninguém sabe quem é. O homem que passa informações para Entorpecentes e que entregou a data da chegada dos colombianos. Aliás, nem sei se é homem."

"Não dá pra gente entrar em contato com ele? Ou ela?"

"Não rola, Zé. Nem o doutor Wembley sabe quem é o agente. Foi plantado lá dentro pela Federal."

"Vamos ter de agir por conta própria então. Uma ação discreta e prática. Eu, você e mais um homem. Um triângulo silencioso e eficiente. Sugestão?"

"O Rafael é decente. Tira novo, cheio de gás."

"O carequinha?"

"Ele mesmo."

"Ele segura o tranco?"

"Tá louco pra fazer um bonito."

"Contata ele. Rápido."

"Me dá mais um dia."

Zé Luís ficou olhando a chuva fina iluminada pela luz dos postes.

9

Saíram à noite, se esgueirando no mato debaixo de chuva.

Andaram na escuridão, orientados por fachos tênues de luz de lanternas. Chegaram à Gávea molhados e entraram rapidamente no táxi de placa fria que os aguardava. A chuva fina envolvera a cidade numa névoa, incomum para aquela época do ano. As ruas estavam vazias: além da violência corriqueira, o frio também espantava os cariocas das ruas. Na descida do Joá, logo após uma curva, avistaram um cerco policial cem metros à frente. O Anjo empunhou a automática. O motorista perguntou: "E agora?".

"Dá meia-volta", disse Mara Maluca. "Devagar."

"Não", disse Samora. "Eles vão perceber."

"O que eu faço, porra?", insistiu o motorista.

"Calma!", disse Sofia.

A viatura estava estacionada com os faróis acesos. Quatro policiais militares, armados com fuzis e submetralhadoras, aguardavam em pé, parados na pista.

"Vamos encarar", disse Samora, destravando a arma.

"Calma!", repetiu Sofia.

Ouviram uma moto se aproximando por trás. Um casal, ele de capacete, pilotando, ela na garupa, cabelo solto molhado de chuva. Vinham com grande velocidade.

"Deixa eles passarem", disse o Anjo.

A moto ultrapassou o táxi e foi em direção ao cerco da polícia. Os PMs formaram em linha apontando as armas. O motoqueiro freou de repente.

"Acende a luz", disse Samora ao motorista.

Ele acendeu a luz interna do táxi.

Passaram pelo cerco sem ser molestados pela polícia, que revistava o casal.

"Santo forte", disse o Anjo.

Mara Maluca permaneceu séria, olhando para a frente.

Sofia sentiu as pernas moles e o coração disparado. Respirou aliviada. Depois olhou pela janela e viu um ipê florido na encosta de um morro. Aquilo a fez lembrar de que agora ela tinha um segredo.

Felipe já havia juntado as armas, embrulhadas em pano e envoltas em cuecas e meias. Não conseguia dormir. Sabia que precisava descansar, mas estava excitado demais. A chuva lá fora, batendo com força nas paredes e janelas, já embalara seu sono noutras ocasiões. Não agora. Cada pingo parecia deixá-lo ainda mais desperto. Ligou a televisão e ficou trocando os canais sem conseguir se interessar por nada. Um hábito: apertava mecanicamente a tecla no controle e olhava as imagens mudando na tela. Viu um jogo de futebol americano. Barcas em preto-e-branco singrando o mar agitado da Normandia no Dia D. Uma mulher seminua dançando enquanto um homem prendia notas de dólar em sua calcinha. Mister Magoo atirando contra a própria imagem num espelho.

Resolveu beber um pouco d'água.

Saiu do quarto. A porta do quarto de Lílian estava aberta. A mãe dormia na cama, sozinha. Tavinho não estava com ela. Deve ter se mandado, pensou.

Com a quantidade de soníferos que ela andava ingerindo antes de dormir, Lílian não acordaria nem se Felipe começasse a gritar. Ou disparasse um tiro com a Zehna. Pá! Só para provar que ele sabia o que fazer com todas aquelas armas. Que deixara de ser um simples colecionador. Um garoto que tomava Nescau antes de dormir.

Logo ela acabaria sabendo.

Foi até a cozinha e pegou água na geladeira sem acender a luz. Conhecia cada centímetro daquele espaço. Os utensílios pendurados. As jarras transparentes. O microondas. A torradeira e o liquidificador. Ouviu barulho na sala. Foi até lá, a luz estava acesa.

"Oi", disse Tavinho, vestido num roupão cor de vinho. "Também está com insônia?"

Felipe fez que sim. Tavinho lia o jornal. A cara meio estranha. "Olha isto."

Tavinho estendeu o jornal a Felipe.

A foto de Samora e Sofia mais o grupo de bandidos encapuçados estampada na primeira página. Abaixo do retrato, o manifesto transcrito: *Spike Lee, Tupac, Zumbi...*

Mais fotografias do bando. Ao lado de uma foto pequena da recepcionista do jornal, um breve texto dizia que Samora, pessoalmente, entregara as cópias do manifesto e as fotos à recepcionista, para que elas fossem distribuídas à imprensa.

Textos curtos explicavam quem eram os personagens e figuras históricas citados no manifesto.

Um relâmpago prenunciou em segundos um trovão estrondoso.

Tavinho e Felipe se assustaram.

Lílian continuou dormindo.

O táxi circundou o condomínio e chegou ao lago. Samora pediu ao motorista que apagasse os faróis. Passaram pela marina e estacionaram ao lado de um terreno vazio. Desceram do carro sob uma chuva intensa. Ouviram trovões ao longe. Caminharam até a marina. Viram barcos e lanchas ancorados. Ninguém por perto. Samora ia na frente, seguido por Maluca, Sofia e o Anjo. Entraram no lago, a água à altura dos joelhos. Subiram por um pilar de madeira escura até o píer. Caminharam pelas tábuas irregulares, saltaram a grade, depois o muro.

Chegaram ao quintal da casa de Ana Germain.

Silêncio. Luzes apagadas.

"Não tinha um cachorro?", sussurrou o Anjo.

"O Dumbo", disse Samora. "Um golden retriever. É manso."

"Não estou vendo cachorro nenhum", disse Mara Maluca.

"Devem ter deixado o Dumbo na fazenda", disse Samora.

Caminharam até a porta dos fundos. Samora lembrou das muitas vezes em que esteve ali. Festinhas. Ana Germain sempre fora atenciosa com ele. Ficaram juntos uma vez. Beijaram-se. Ela passou a mão no pau dele. Bem ali, pensou. Sob o gazebo, ao lado da churrasqueira.

Ana era interessante, gostava de música e teatro. Tocava violão. Fazia aulas de teatro. Escreveu uma peça uma vez. Como era mesmo o nome?

"Posso abrir?", perguntou o Anjo com um pé-de-cabra na mão.

Samora se lembrava bem da disposição dos cômodos da casa. A cozinha, a sala de jantar e a sala de estar. As escadarias. Lá em cima o quarto de Ana, o do irmão e, por último, a suíte dos pais. Também se lembrava da mãe simpática de Ana, Ruth. A mulher que lia Nietzsche e ouvia Thelonius Monk. A mulher que conversava sobre política com Samora. "O Chavez é um populista. A esquerda latino-americana é uma piada." A mulher que guardava jóias em gavetas por acreditar que "quando tiverem de roubar, roubam de qualquer jeito".

"Posso abrir?", repetiu o Anjo. "Vai fazer um pouco de barulho."

Eles estavam em Paris, Samora sabia. A família passava temporadas no apartamento charmoso da Rive Gauche.

"Pode."

O Anjo colocou o pé-de-cabra sob a maçaneta e abriu a porta da cozinha com um ruído abafado pela chuva. Acenderam as lanternas, entraram na casa. Samora na frente, guiando o grupo. Passaram pela cozinha, salas de jantar e estar, subiram as escadas. Ouviram latidos. O rosnado desconfiado de um cão.

"Dumbo!", disse Samora.

Dumbo apoiou as patas dianteiras no peito de Samora, balançando o rabo e lambendo seu rosto. A luz foi acesa de repente.

"Samora?", disse Ana Germain, rosto inchado de quem acabou de acordar, cabelo despenteado, vestindo apenas camiseta, calcinha e meias de jogging.

10

Renato ouviu o telefone tocar.

Agora já não sentia tanto desespero ao toque do telefone. Já era capaz de atendê-lo. Ainda assim despertou com o coração disparado.

"Alô?"

"Pai?"

Clareava lá fora, Renato via a luz fraca por trás da cortina da janela.

"Felipe?"

Renato olhou o relógio: 5:45.

"Desculpe ligar tão cedo, não consegui dormir."

"Sem problema."

"Posso tomar café com você?"

"Claro. Vem pra cá."

"Já estou aqui."

"No hotel?"

"Estou na recepção. Te espero no café."

Renato se aprontou rapidamente. Eram raros os momentos em que Felipe o procurava para alguma coisa. Ainda mais numa hora daquelas. Encontrou Felipe na sala do café-da-manhã. Havia dois pilotos de avião servindo-se numa mesa grande. Uma televisão ligada num canal de notícias mostrava a pista de um aeroporto coberta de neve. Os pilotos olharam a TV e fizeram algum comentário em alemão. Um deles riu. Felipe estava sentado numa mesa junto à janela, com a mochila da escola largada no chão, ao lado da cadeira. Bebia suco de laranja. Ainda chovia lá fora. Renato e Felipe cumprimentaram-se com um abraço. Renato sentia a resistência sutil do filho em se deixar abraçar totalmente. Sentaram-se.

"A mamãe disse que você está ficando louco."

"A Lílian é observadora."

Felipe bebeu um pouco de suco de laranja. "Eu gosto de você assim", disse.

"Barbudo?"

"Sincero consigo mesmo. Tem a ver comigo."

"Bom saber que alguém na família ainda me compreende."

"A mamãe também está ficando louca. Mas com a loucura dela eu não me identifico. É uma loucura mais complexa. Muito silenciosa. Ela vive chapada de remédios."

"As coisas são mais difíceis pra ela."

"Por quê?"

"Porque ela é mãe. Mulher. Algum dia você vai entender."

"Algum dia quando?"

"Quando casar, tiver filhos."

"Eu não quero ter filhos."

"Vai acabar entendendo do mesmo jeito. No dia em que colecionar armas deixar de fazer sentido."

"Já está deixando."

"Fico feliz."

"As coisas estão mudando na minha cabeça. Estou achando esse negócio de colecionar armas meio bobo. Queria fazer coisas mais úteis, importantes."

"Você está amadurecendo."

"Estou meio confuso."

"Natural. Essa fuga da Sofia confundiu todo mundo."

"Mas acho positivo, por um lado. Está abrindo minha cabeça pra algumas coisas interessantes."

"O quê, por exemplo?"

"Guerrilha urbana. Artes marciais. *Krav-magga*, um método de defesa pessoal desenvolvido pelo Mossad, o serviço secreto israelense."

"Você acha essas coisas interessantes? Guerrilha urbana, serviço secreto israelense?"

"Acho."

"Eu fico preocupado."

"Preocupado com quê?"

"São assuntos violentos, pesados. Não combinam com a imagem que eu faço de você."

"Talvez essa imagem não seja verdadeira."

"Já reparei. Infelizmente."

Felipe ficou quieto. Olhou para a mochila a seus pés.

"Você me surpreende, Felipe."

"Melhor que um filho previsível, não?"

"O problema é que você e a Sofia andam me surpreendendo demais. Eu também tenho questionado a forma como estava conduzindo a minha vida. Talvez tudo isso acabe fazendo algum sentido. Espero que logo a gente possa sentar junto e conversar tranqüilamente sobre essa experiência. Eu, você, tua mãe e a Sofia. Comendo uma pizza. Em São Paulo, de preferência. Pizza carioca é muito ruim."

"Não sei. Acho que você está muito otimista. Espero que esteja certo, mas não vejo a gente junto, comendo essa pizza."

A frase intrigou Renato. Felipe falava como um homem estranho e desiludido.

"Eu queria me desculpar por não ter contado que eu estava me comunicando com a Sofia."

"Já conversamos sobre isso. Está tudo certo."

"Você devia voltar a escrever."

Renato não teve tempo de refletir sobre mais uma afirmação surpreendente do filho. Foram interrompidos por uma notícia urgente no noticiário da TV.

"A *residência do empresário Norberto Germain Ramos, num condomínio da Barra da Tijuca, foi assaltada durante a madrugada por Samora da Silva, o guerrilheiro negro de classe média que vem agindo na cidade nas últimas semanas. A polícia chegou ao local depois que seguranças do condomínio ouviram um disparo na mansão do empresário, que se encontra fora do país, viajando com a família. Mas não conseguiram capturar o assaltante, que já havia deixado o local. A filha do empresário estava em casa e prestou depoimento sigiloso à polícia. Ela não quis falar com os jornalistas.*

A *imprensa já havia recebido ontem, das mãos do próprio Samora, um manifesto em que o guerrilheiro defende em linguagem poética suas posições políticas, em favor da distribuição de renda, igualdade social, defesa dos recursos naturais, democratização da cultura e fim do apartheid velado. O manifesto contém também citações a artistas negros, ativistas políticos e líderes históricos. Além do manifesto, Samora da Silva distribuiu à imprensa uma foto do grupo."*

A foto do bando ocupou a tela da TV. Samora e Sofia no centro de um grupo de pessoas com camisetas escondendo o rosto. Todos armados. Samora segurava uma foto de Che. Sofia magra e pálida.

Renato e Felipe se olharam.

"Eu me arrependo muito de não ter contado tudo pra você e pra mamãe desde o começo."

"Eu sei."

"Acho que a Sofia está numa roubada. Queria ajudar ela a sair dessa."

"Todos nós. Mas a polícia sabe o que faz."

"Você está de sacanagem? A polícia do Rio é uma merda, pai. Não sei a de São Paulo. Mas a do Rio é uma merda."

"Não generaliza, Felipe. O Zé Luís é um cara legal. O secretário de Segurança e o governador estão supervisionando o caso pessoalmente."

Renato apontou a TV. "Está na mídia."

Felipe olhou para o pai. Por um instante Renato teve a impressão de que o filho o via como um idiota. Felipe levantou de repente.

"Preciso ir. O colégio."

Despediram-se com um abraço desajeitado e incompleto, como sempre.

Renato permaneceu na mesa olhando o mar e as nuvens de chuva. Não tinha fome. Viu o copo com suco de laranja pela metade deixado pelo filho. Queria ter falado mais alguma coisa com Felipe, mas não sabia o quê.

* * *

"Muito prazer. Meu nome é Wembley Medeiros, você sabe. Não precisa dizer teu nome, mas preciso que você coloque um localizador no corpo e encontre a Mara Maluca. Logo."

"Eu não coloco localizador no corpo", respondeu o agente, pelo telefone, um orelhão. "Nem sei por que estou falando com você."

"Claro que sabe", respondeu Wembley. "Porque a Federal não só autorizou como corroborou meu plano. Foram eles que mandaram você ligar pra mim. Não precisa se fazer de bobo comigo. É perda de tempo."

"Quer me encontrar?"

"Prefiro não saber quem você é. Tem funcionado. Não gosto de mexer em time que está ganhando."

"E se a linha estiver grampeada?"

"Não está. Foi checada."

"Que história é essa de localizador?"

"Um chip minúsculo. Dá pra esconder embaixo do teu saco."

"Podemos achar um lugar melhor."

"Vou invadir o morro, você sabe. Os bandidos estão em algum lugar no mato, lá em cima."

"Informação minha, delegado. Estou perto. Vou descobrir onde eles estão."

"Ótimo. Vamos fazer uma operação de guerra. Atiradores de elite, gente treinada para enfrentar guerrilha na floresta. Necessito de informações precisas da localização deles no mato. Muito precisas. Exatas, de preferência. A localização exata do acampamento. Senão eles fogem assim que nos aproximarmos. Quero um ataque eficiente. Não posso falhar, entende? Não posso. Se eu falho, desmoralizo a polícia. A imprensa não perdoa."

"Como é esse localizador? Nunca usei isso."

"O *shadow finder* foi criado pelo Serviço de Inteligência e Tecnologia do Exército dos Estados Unidos para as operações no Afeganistão e no Iraque. Acabou de ser adquirido pela polícia carioca. É um chip que um perito vai instalar em alguma parte do teu corpo. A partir daí você é monitorado por satélite. Vamos saber exatamente onde você está, acompanhando a tua movimentação e mapeando a área ponto a ponto. O aparelho fornece todas as informações referentes à localização, entorno, solo, vegetação. Esse procedimento é crucial para o sucesso da operação. Tecnologia de guerra. Os americanos criaram o *shadow finder* para encontrar o Bin Laden. Nós vamos usá-lo para encontrar a Mara Maluca."

O homem permaneceu em silêncio do outro lado da linha. Pensativo.

"A prisão da Maluca é fundamental. O colombiano me revelou informações importantes, só que ele não sabia que eu estava com um microfone escondido. Gravei tudo e com isso consegui autorização judicial para o procedimento. Já tenho como incriminar a Maluca por uns vinte anos. Não adianta prender pra soltar no dia seguinte. Você sabe. Agora só falta pegar a Maluca. Só isso. Esse mérito será teu também. Está infiltrado há tanto tempo pra quê, afinal de contas? Não é pra prender os vagabundos?"

"Quando será a invasão?"

"Depende de você. Instruí a mãe do Samora a falar com a imprensa. Vamos ver se ele morde a isca. Se morder, deve dar as caras de alguma forma. Pra encontrar a mãe ou saber das notícias. Já botei gente vigiando a mãe no apartamento dela, no Leblon. Também estou tentando uma autorização judicial pra grampear os telefones dela. Vamos ver. Talvez o Samora mande alguém no lugar dele. Fique atento, só isso."

"Eu vivo atento. Estou atento até quando durmo. O lance do localizador é que me assusta um pouco."

"Sei que você está usando um bom disfarce. Que está acima de suspeitas."

"Como você sabe?"

"Os bandidos também sabem que tem alguém nosso fornecendo informações de dentro do morro."

Silêncio do outro lado da linha.

"Ei, e tem mais: o teu contato na PF não te disse que esta é a tua última missão por um bom tempo? Que depois disso você vai ganhar uma licença remunerada? Com direito a escolher pra onde ir? Férias pagas."

"Não sei, esse negócio de localizador é arriscado..."

"Se você não gostasse de risco, não tinha escolhido essa profissão. Depois você se licencia e vai pra Fernando de Noronha. A PF tem uma base boa lá. Você pode ficar tocaiando as tartarugas."

"Você sabe ser bastante persuasivo."

Ficaram em silêncio por alguns instantes.

"E então?", perguntou Wembley.

Com cabelos curtos de rainha africana, Maria McClintock estava séria e concentrada, sentada de pernas cruzadas no sofá mais amplo da sala de seu apartamento. Usava um tailleur negro, brincos de brilhantes e segurava na mão uma foto do filho ainda criança. As janelas estavam abertas, possibilitando a entrada da brisa marítima. Repórteres se acotovelavam nas cadeiras dispostas improvisadamente em frente ao sofá. Dulce passava com uma bandeja com água e café, que oferecia aos jornalistas. Maria respondia às perguntas.

"Samora sempre foi um menino bom, criado com carinho e atenção por mim e pelo seu padrasto, o meu marido Stephen."

Ela olhou para o porta-retrato em cima da mesinha de vidro, ao lado de um livro sobre Matisse. Maria e Stephen sorridentes entre os pombos da praça São Marcos, em Veneza.

"Stephen ainda está na Inglaterra, a trabalho, mas chega amanhã ou depois."

"A senhora apóia as atitudes do Samora da Silva?", perguntou uma repórter.

"Samora Machel da Silva", corrigiu Maria. "Não concordo com o que meu filho está fazendo, mas as coisas que ele diz são verdadeiras. Vivemos num país injusto e cheio de problemas. O Samora está querendo ajudar do jeito dele. Gostaria que ele se entregasse à polícia e fosse punido pelos crimes que cometeu, mas exijo que seja julgado com isenção e justiça. Preciso muito falar com ele. Quero fazer um apelo. Foi por isso que chamei vocês aqui."

"O que a senhora quer falar com ele?"

"É assunto de foro íntimo. Uma conversa de mãe para filho."

Nesse momento, as câmeras de TV deram um close na entrevistada. Algumas emissoras transmitiam ao vivo. Maria olhou para as lentes imaginando que elas fossem os olhos do menino da foto que ela agora apertava entre os dedos.

"Samora, por favor, entre em contato comigo. É um pedido de mãe. Da tua mãe. Tenho uma coisa muito importante pra te dizer."

Maria interrompeu a fala, traída pela emoção. Franziu o rosto e tentou controlar o choro. Flashes espocaram. Havia um silêncio reverente no ar.

11

Ele nunca tinha subido o morro.

E nem sabia quando, nem como, sairia de lá. Mas agora tinha um objetivo. Era a primeira vez na vida que fazia alguma coisa de verdade. A sensação de estar entrando em campo num jogo de campeonato. Uma atitude relevante. Que traria conseqüências. Melhor não pensar nas conseqüências agora. Era isso que Sofia sempre dizia ao telefone, na época em que os dois se comunicavam. Se eu pensar nas conseqüências, dizia a si mesmo, não faço nada. É por isso que o mundo está cheio de gente frustrada e reprimida. O medo das conseqüências. Ele caminhava seguro. Um pouco tenso, é verdade. Pessoas olhando. Pessoas diferentes. Os pobres. Caminhava pela ladeira principal. Ali embaixo, perto da avenida, a rua era relativamente larga. Polícia para todos os lados. Caveirão estacionado. Viu um motel e uma loja de material elétrico. Motel Love. Na Associação dos Moradores do Morro viu um cartaz: A *gaivota*. *Dia 25. Ingressos a dois reais*. Botequins, armarinhos, casas com janelas abertas. Televisões ligadas. Rádios, latidos de cachorro, choro de criança. Os sons pareciam diferentes ali. E o cheiro. Alguns olhares desconfiados. Outros simpáticos. Outros indiferentes. Aqui e ali um deliberadamente hostil. Não havia o que temer, a Zehna estava na cintura, ao alcance da mão. Uma viatura da polícia estacionada na entrada do morro. Os tiras nem olharam para ele. Mais acima, a rua começava a estreitar. Viu mais alguns policiais carregando fuzis ostensivos como periscópios. Também não olharam para ele. Se soubessem a quantidade de armas que trazia na mochila, o derrubariam no chão e apontariam todas as miras para a sua nuca. A sensação era boa. A rua terminava numa escadaria infindável. Um labirinto de uma via só. Subindo. Dois garotos de bermuda e chinelo encostados numa parede. Olharam para ele e se aproximaram. Armas enfiadas nas bermudas. Olhares brilhantes, raiva, orgulho e desprezo. Curiosidade.

"Vai pra onde?", um deles perguntou.

Felipe levantou a camiseta deixando a cintura à mostra. A Zehna emanando seu poder ameaçador.

"Sou cunhado do Samora, irmão da Sofia. Onde eles estão?"

Os garotos riram.

"Ó o cara."

Felipe continuou subindo. Os garotos se adiantaram e passaram a sua frente. Felipe foi atrás. Os músculos da perna doíam, a subida era íngreme. Futsal, natação, *krav-magga* e jiu-jítsu não foram suficientes para preparar aqueles músculos para a subida do morro. Os garotos um pouco à frente, não tão ofegantes. Estavam acostumados. As casas rareando, uma sensação ambígua. Medo. No alto havia cabras pastando. Lama no chão. E a visão deslumbrante do mar, dos morros e de uma cidade inteira produzindo sons misturados e distantes. Um menino ruivo estava de cuecas, ajoelhado na lama, as mãos na nuca. As pernas sujas, a pele branca e sardenta manchada de terra úmida. Garotos de bermuda em volta dele. As roupas do ruivo largadas no chão. O ruivo olhou de relance para Felipe. Felipe viu desespero nos olhos do menino com cara de nerd. Os dois garotos que estavam à frente viraram-se e apontaram as automáticas para Felipe.

"Ajoelha aí", disse um deles. "Ao lado do ruço."

"O rucinho também veio ver o Gringo", disse o outro. "Todo mundo querendo lutar."

"Eu quero ver o Samora", disse o ruivo. "Quero falar com ele."

Os garotos riram.

"Ajoelha aí!", repetiu o garoto com a arma apontada para Felipe. "E joga a arma no chão."

Felipe jogou a Zehna e a mochila no chão. Depois mostrou a carteira de identidade.

"Eu sou irmão da Sofia. Se acontecer alguma coisa comigo, vocês vão ter que explicar para o Samora."

Os garotos ficaram quietos, sem saber o que fazer.

Os pingos da chuva batiam na lona da barraca. Durante a madrugada mais intensos, agora espaçados e sem força. Samora dormia, o que era raro. As jóias da mãe de Ana Germain espalhadas entre latas de sardinha, pacotes de biscoitos e livros. Um livro de Che Guevara sobre técnicas de guerrilha. A página aberta com uma frase sublinhada: *"Frente à rigidez dos métodos clássicos de guerrear, o guerrilheiro inventa sua própria tática e surpreende constantemente o inimigo"*. Sofia olhou para Samora com admiração. Havia conduzido bem a situação horas antes, na casa de Ana Germain. Quando estava ao lado de Samora, as coisas mais improváveis faziam sentido para Sofia. Ela pegou um pacote de biscoito e duas latas de sardinha. Procurou uma lata de leite condensado entre as roupas.

Quando Ana os flagrou, a primeira atitude de Mara Maluca foi pegar a arma e apertar o gatilho, num reflexo condicionado. Samora desviou a mira da arma empurrando o cano para baixo, na direção do carpete ocre. O tiro fez um furo no tapete. Samora tapou a boca e os olhos de Ana Germain com a mão, para que ela não gritasse e não visse os rostos de Mara Maluca e do Anjo. Pediu calma a todos. Levou Ana Germain até o quarto e explicou as razões daquela invasão. Ana Germain prometeu dizer à polícia que Samora agira sozinho, sem ajuda, para não comprometer os outros.

Sofia encontrou a lata de leite condensado sob um amontoado de meias, calcinhas, cuecas e cartuchos de munição. Juntou os víveres numa trouxa improvisada, feita com uma camiseta estampada com a foto de Ben Harper. O cheiro das roupas sujas impregnava a barraca. Sofia fez um nó com as mangas da camiseta.

Talvez Ana Germain acabasse se juntando a eles em algum lugar. Ana dissera a Samora que concordava com suas idéias, que o admirava, que acompanhava as notícias e torcia por ele. Ana confessara que invejava a atitude de Sofia, de largar tudo e se entregar a uma causa. Disse que gostaria de ter essa coragem. Mostrou onde a mãe guardava as jóias. Em que gavetas o pai escondia os dólares. Os euros na estante. Talvez Ana Germain também fosse apaixonada por Samora, pensou Sofia.

Ela saiu da barraca sem fazer barulho. Quase todos dormiam. Os garotos que faziam a vigília já não se importavam com as saídas dela. Vai falar com as árvores, pensariam. Tomar banho de cachoeira na chuva. A patricinha deve ser viciada em algum bagulho. *Noiada*.
O chão molhado dificultava a caminhada.
Viu água se acumulando no fundo das trincheiras.
Mas agora já conhecia o caminho. O som da água soando mais forte graças à chuva. Caminhou até a pequena clareira sob o ipê. As flores roxas estavam úmidas e brilhantes. Um roxo mais escuro e denso. Olhou em volta, mas não esperava encontrá-lo ali. Em algum momento contaria seu segredo a Samora. Só não o fazia agora para preservar a integridade física de seu amigo secreto. Ela sabia o quanto aqueles bandidos podiam ser imprevisíveis e destemperados. Abriu o embrulho e colocou a camiseta aberta no chão, ao lado do tronco fino. Dispôs as latas e os pacotes de biscoito no centro da camiseta e dobrou as bordas, protegendo os mantimentos da chuva. Ben Harper sorrindo com dentes largos.

Wembley Medeiros não esperou muito na ante-sala do assessor do secretário de Segurança. Não deu tempo nem de terminar o cafezinho. Foi convidado a entrar na sala.
"Senta aí", disse o assessor. O nome dele era Antero. Um homem calvo e decidido. Tenso.
"As notícias não são boas", prosseguiu. "Você já soube, não soube? O assalto à casa do empresário na Barra."
"Já", disse Wembley.
"E esse manifesto ridículo."
Antero apontou a foto do bando no jornal sobre a mesa: "Que foto sensacionalista".
"É uma questão de horas, doutor. Já falei com o agente no morro. Ele vai fazer uma localização monitorada por satélite para

sabermos com exatidão onde eles estão escondidos. Será uma operação impecável. É preciso provar para a opinião pública que a polícia do Rio se modernizou."

"E pensar que esta cidade já foi o centro nervoso do império lusitano. A capital da monarquia e da república. A Cidade Maravilhosa."

"Falta pouco, eu garanto."

"Sei, sei. O problema não é mais só o tempo. Temos outro problema agora. Por isso te chamei aqui."

Antero coçou a nuca, procurando as palavras certas.

"Estamos sob uma pressão enorme. Um grupo exige a prisão imediata do bando a qualquer custo. Inclusive de vidas. Por outro lado, a imprensa e algumas entidades políticas começam a simpatizar com esse Samora e a menina."

"Sofia."

"Esses manifestos, toda essa retórica política, isso está cativando muita gente. E essa atmosfera romântica, um casal de guerrilheiros, amor bandido, o povo adora esse tipo de bobagem. Recebemos informação de que alguns jovens estão querendo aderir ao bando. Alguns segmentos da sociedade estão vendo com simpatia as ações desse rapaz. Jovens de classe média, estudantes. Jornalistas, artistas, ativistas ambientais. Imagine se os formadores de opinião começam a apoiar esse maluco? Como ficamos? Para você ter uma idéia, o depoimento da filha do empresário foi totalmente furado. Ela é conhecida do Samora, foram colegas de sala no colégio, e é evidente que está escondendo informações para não comprometer os comparsas dele."

"Eu li o depoimento. Ela admitiu que foi ele quem roubou a casa."

"Mas afirma que ele agiu sozinho, o que eu duvido. Disse que o tiro foi acidental. Mostrou o furo que a bala fez no tapete. Não me convence. Afirmou que o assalto se justifica por uma questão ideológica. É absurdo. Como se houvesse uma ideologia por trás dessa palhaçada toda."

"E há", disse Wembley. "São a ideologia e o carisma do garoto que estão causando toda essa comoção."

"Ideologia? Só porque ele está segurando uma foto do Che Guevara? Parece um desses babacas do *Big Brother*. Que país é este? Os líderes da guerrilha contra a ditadura, como o Lamarca e o Marighella, nunca tiveram esse apoio da mídia. E agora esse menino vem com essa conversa-fiada, fazendo pose, e pronto, virou um líder guerrilheiro? *Apartheid* velado? Faça-me o favor! Quem ele pensa que é? E como ele pretende acabar com o *apartheid* velado? Com um decreto?"

"Calma. É o carisma do garoto. Ele é oportunista. Lamarca e Marighella não tinham tanto senso de oportunidade. Os tempos são outros. O moleque sabe usar a mídia em seu favor. Ele vai longe."

"Vai para a prisão."

"E depois para a TV. Ou para a Câmara dos Deputados", disse Wembley.

"Depois ele pode ir à merda, mas é importante que seja preso antes. Preso, não morto. Só te peço, e isto é muito importante, o seguinte: esses dois têm de ser capturados vivos. O Samora e a Sofia. Se a Mara Maluca ou qualquer outro bandido for morto em combate, ninguém vai se importar. Mas se acontecer alguma coisa com o Samora ou com essa Sofia..."

"Evidente. Eles são ricos."

"Não importa. Você precisa capturá-los vivos. Ou o preço político será muito oneroso. Entendido?"

"Entendido", disse Wembley. "É uma questão de horas, doutor. Não se preocupe. Nós vamos usar o *shadow finder*."

12

Era a primeira vez que Renato via uma cega comer. E Ilana comia da maneira mais normal possível.

"O que foi?", ela perguntou. "Está preocupado se eu vou encontrar o caminho da boca?"

"Como você sabe que estou te olhando?"

"Quando você fica quieto é porque está me olhando."

"Às vezes acho que você não é cega porra nenhuma. Que está me enganando. Como aqueles cegos falsos que pedem esmola na rua."

"O Ray Charles não dirigia carro?"

"Você dirige?"

"Ainda não."

Comiam bolinhos de bacalhau no Bracarense, um bar tradicional do Leblon.

Depois caminharam de volta ao hotel. A calçada era larga. Pouca gente passava por ali. Dia nublado. Do outro lado da avenida, no calçadão da praia, algumas pessoas corriam e andavam de bicicleta. Os quiosques estavam vazios. Salva-vidas observavam os movimentos marítimos com binóculos. Ventava, quase ninguém na areia. Um helicóptero voava baixo, o motor e a hélice produziam um barulho concreto e ritmado. Alguns hippies anacrônicos e desnutridos vendiam artesanato. Um homem esculpia na areia um gigantesco corpo nu de mulher. E pedia dinheiro aos raros turistas que apreciavam a obra.

"Você está nervoso", disse Ilana.

"Estou nada."

"Estou escutando. Você está inquieto."

"Você está escutando é um helicóptero, não sou eu."

"Quem é cego não pode ser surdo", disse Ilana. "Eu escuto quando você respira."

"Deve ser a minha barriga. Muito chope."

"Eu conheço barulho de barriga. Não é a sua barriga que está inquieta."

Renato olhou para trás, viu o morro Dois Irmãos sob nuvens baixas.

"Vai chover", disse.

"E isso é bom ou ruim?"

"Estou com um mau pressentimento."

"Bobagem."

"Fica comigo hoje?"

"Não posso. Tenho compromissos em Niterói. Quatro massagens. Depois jantar com a minha mãe e os meus irmãos."

"Cancela essas massagens."

"Tá maluco? São clientes. Sou profissional."

"Quantos irmãos você tem?"

"Dois. Dois meninos. O André tem dezessete anos e o Paulo vinte."

"Eles são cegos?"

"Que mania! Você dá muita importância à minha cegueira. Cegueira não é mal de família. Meus irmãos não são cegos. Ninguém é cego na minha família. Só eu."

"Vamos atravessar", disse Renato. "Vamos beber a saideira num quiosque."

"Não posso, tenho que ir. Pára um táxi pra mim."

Beijaram-se. Durante o beijo, Renato abriu os olhos e viu-se refletido nos óculos escuros de Ilana. O rosto deformado pelas lentes lembrava uma mosca gigante.

A informação chegou pelos garotos escondidos no mato.

"O Zé Arruela diz que é irmão da Sofia", disse um deles pelo rádio. "Mostrou documento."

"Qual é o nome dele?", perguntou Mara Maluca.

"Felipe. Felipe Pellegrini. Estava perdido no mato. *Güenta-mos* a mochila dele. Está carregada."
"De quê?"
"Armamento. Carregadaça mesmo. Nove, três oito, o escambau. Tem também umas armas antigonas."
"O que o molequer quer?"
"Sei lá. Acho que queria libertar a irmã. Pipocar todo mundo aqui. Podemos fazer ele?"
Mara Maluca pensou um pouco.
"Segura as armas e traz pra mim."
"E o moleque?"
"Deixa vazar", disse. "Manda ele vazar rapidinho e ficar de boca fechada. Senão eu desço até o asfalto pessoalmente pra arrancar a língua dele."
O garoto desligou o rádio. Ordens são ordens.
"Vaza!", ele disse para Felipe. "Se *cagüetar* que viu a gente, a Mara desce o morro só pra arrancar a tua língua."
Felipe ficou quieto, computando as informações.
"Vaza logo, mané!"
Felipe saiu correndo.

No hotel, Renato ligou a TV num canal de notícias. Estava ansioso, mudou de canal, tirou o som. Doutor Spock. Capitão Kirk disparando raios azuis de sua pistola feiser.
O telefone tocou, era Tavinho.
"Renato, você já soube?"
Renato percebeu que Tavinho estava nervoso. Ofegante.
"O quê? Tanta coisa acontecendo ao mesmo tempo..."
"O Felipe. Ele fugiu."
"Como assim, fugiu? O Felipe tomou café-da-manhã comigo aqui no hotel."

"Ele deixou um bilhete. Foi atrás da Sofia."
"O que você está dizendo? Cadê a Lílian?"
"A Lílian também sumiu. Quando eu acordei não tinha ninguém em casa. Só a Velma, aos prantos. Acho que sei onde a Lílian está. Já liguei pro Zé Luís. Passo aí pra te pegar em cinco minutos."

Os garotos sentaram numa clareira e dispuseram as armas de Felipe no chão. Acenderam um baseado e ficaram examinando a coleção. Roth-Steyr automática, oito milímetros. Zehna, nove milímetros. Revólver Smith & Wesson calibre trinta e oito.
"Vamos deixar esse mané aí, dando mole no mato?"
"Ele viu o meu rosto."
"Viu o meu também."
"A Maluca mandou deixar ele vazar."
"Vamos só dar um susto. Na moral."
Os garotos se olharam. Apagaram a bagana. Juntaram as armas. Depois saíram correndo atrás de Felipe.

Tavinho e Renato chegaram à entrada do Morro do Café, mas não encontraram lugar para estacionar. Zé Luís autorizou-os a deixar o carro na calçada, ao lado de viaturas da polícia.
"Você acha que o Felipe está aqui?", perguntou Renato.
"Tem alguns meninos de classe média subindo o morro atrás do Samora", disse Zé Luís. "Meninos desajustados. Não passam lá de cima. Vamos encontrá-lo, fique calmo."
"E a Lílian?", perguntou Tavinho.
Um PM chegou correndo.
"Achamos a mulher."

* * *

Um dos garotos trouxe um papel impresso, Gláucia Corcovado imprimira as últimas notícias veiculadas na internet e pedira que fizessem o papel chegar a Samora. A imprensa dava destaque ao caso. Samora leu a entrevista da mãe. Viu a foto de Maria McClintock sentada no sofá da sala.

"*Samora, por favor, entre em contato comigo. É um pedido de mãe. Da tua mãe. Tenho uma coisa muito importante pra te dizer...*"

Samora saiu para o mato. Não conseguia parar de pensar na mãe. Aqueles olhos protetores. Tinha que endurecer sem perder a ternura. Pensou nos grandes guerrilheiros. Subcomandante Marcos na selva lacandona, recitando uma antiga oração maia em *tzotzil*, buscando inspiração para redigir As três flores da esperança. Fidel e o Che na Sierra Maestra, baforando charutos, preocupados com a fragilidade de um exército de doze homens e onze fuzis. Amílcar Cabral numa mata da Guiné, mordiscando um palito, aguardando ansioso o nascer do sol para ordenar o ataque ao quartel de Tite. Nelson Mandela na prisão de Robben Island, entediado, contando os dias num calendário da Goodyear. Se todos eles esperaram, se todos souberam como singrar o mar da melancolia da espera, por que ele não conseguiria?

Talvez porque fosse mais fraco.

Só um menino carente.

E se os telefones da mãe estivessem grampeados pela polícia? Ela não o trairia. Seria demais. Nenhum guerrilheiro ou bandido comum havia sido traído pela mãe. Pais são capazes de entregar os filhos à polícia. Até de matá-los, em algumas circunstâncias. Mães, não. E se os telefones dela estivessem grampeados sem que ela soubesse? Se tivesse sido enganada ou manipulada? E daí? Qual o problema? Descobririam que ele estava escondido num ponto qualquer da floresta da Tijuca? Eles já sabiam disso. Samora andou para dentro do mato, distanciando-se do acampamento. O telefone celular clonado que Mara Maluca lhe dera estava no bolso. Tinha usado o celular poucas vezes, sempre em situações relacionadas aos planos revolucionários. Localizar o Anjo. Confirmar os horários de Daniel Levinson na casa de câmbio. Conferir se a família de Ana Germain estava mesmo viajando. Informar-se sobre a situação do colombiano no hospital. Não havia usado o celular em causa própria. A hora tinha chegado.

Ligou para o celular de Maria McClintock.

Lílian estava desfalecida, molhada de chuva, no meio de uma viela.

Um PM a amparava, pessoas se aglomeravam em torno. Alguns fotógrafos esticavam os braços, posicionando as câmeras sobre a cabeça dos curiosos, tirando fotos em seqüência.

Renato e Tavinho se precipitaram sobre Lílian.

"Chamem uma ambulância", pediu Zé Luís.

"Tudo bem, Lílian?", disse Tavinho.

Ela abriu os olhos.

"Tudo bem, Lílian?", insistiu Renato.

"Cadê o Felipe? Cadê a Sofia?"

"Calma", disse Renato.

Uma mulher muito magra se aproximou.

"Ela estava andando como louca por aí, perguntando dos filhos, andando na chuva, perguntando, até que uma hora caiu no chão e chorou até desmaiar. Eu tentei ajudar. Eu e a minha vizinha, mas ela só perguntava dos filhos. Coitada", disse, com a mão apertando o queixo, o rosto franzido numa careta de misericórdia.

Os paramédicos chegaram e colocaram Lílian numa maca. Ela estava confusa, tomara calmantes demais antes de decidir sair atrás dos filhos desaparecidos. Um grupo de PMs chegou, vindo de cima do morro. Lamas nos coturnos. Traziam um garoto ruivo, sujo e assustado.

"Só encontramos este", disseram. "O outro eles levaram pro mato."

"Você viu o meu filho lá? Ele estava bem?", perguntou Renato ao garoto ruivo. "Você viu o meu filho?"

O garoto parecia alheado, distante.

"Eu só queria encontrar o Samora", disse.

13

"Mãe?"

"Samora! Quem bom que você ligou! Eu estava ansiosa..."

Maria começou a chorar. Samora aguardou pacientemente. Como imaginava que um guerrilheiro aguardaria.

"Você está bem?"

"Estou, mãe. Estou ótimo. Nunca me senti tão bem."

"Volta pra casa, filho! Se entrega pra polícia, eu e o Stephen vamos contratar os melhores advogados."

"Não."

"Se você preferir, podemos dar um jeito de tirar você daí, o Stephen conhece uma empresa internacional, profissionais especializados em resgatar gente seqüestrada, eles têm um escritório em Londres, já libertaram pessoas na Colômbia."

"Era isso que você queria me dizer?"

"Volta pra casa."

"Sem chance."

"Não adianta eu dizer nada?"

"Não."

"Eu imaginei. Samora. Samorinha. Tenho orgulho de você,

filho. Sei que tem razões pra fazer o que está fazendo. Mas se você voltar..."

"Mãe..."

"Tudo bem. Me escuta. Tenho outra coisa pra dizer. Uma coisa muito importante. Escuta."

Maria ficou quieta. Respirou fundo.

"Mãe?"

"O teu pai era um homem lindo, Samora. Sempre fez muito sucesso com as mulheres. E cantava bem, parecia o Bob Marley. Ele imitava o Bob Marley, tinha o jeito do Bob Marley."

"Você agora vai falar do meu pai?"

"Escuta, Samora. Por favor. O teu pai fechava os olhos e cantava balançando a cabeça, agitando os dreads e apontando o braço e o dedo indicador pra cima, como se estivesse tocando o dedo de Deus. Cantava 'Get up, stand up' e movia as pernas como se pulasse amarelinha em câmera lenta, num gesto ao mesmo tempo viril e gracioso. Um charme. Aquilo enfeitiçava as mulheres. Eu fiquei louca por ele, era muito nova, idealista, boba. Ele tinha uma conversa charmosa, era baiano, tinha vindo pro Rio tentar a vida como músico. Mas ele não era um músico muito original. Era péssimo, na verdade. Sem brilho próprio. Imitava o Bob Marley, cantava reggaes conhecidos. 'No woman no cry'. Mas as músicas dele eram bobas, sem sentido. Só que eu não enxerguei nada disso. Me apaixonei por aquele crioulo bonito e alegre. Ele tinha consciência social. Lutava capoeira num grupo que preservava a cultura afro-baiana. Foi ele quem me falou pela primeira vez do Samora Machel. Era fascinado pelo líder político moçambicano. Então eu me apaixonei."

"Mãe, era isso que você queria tanto me dizer? Contar a tua história de amor com o meu pai?"

"Fica quieto. Eu não acabei. Eu e ele decidimos viver juntos. Eu trabalhava na secretaria de um colégio durante o dia e estudava à noite. Ele batalhava na música, buscando espaços para tocar, gravando fitas e compondo. Daí eu engravidei e as coisas começaram a mudar. O negócio degringolou. Teu pai não segurou a onda de ser pai. Na verdade ele nem chegou a ser pai. Mas não segurou a onda nem de imaginar que seria pai. Não queria assumir aquela responsabilidade. Eu comecei a ficar chata, insistindo para ele arrumar um emprego normal, fazer alguma coisa que rendesse algum dinheiro. No começo até que ele tentou. Olhava os classificados no jornal, ia nas entrevistas, passava o dia procurando trabalho. Mas não encontrou nada. Começou a beber. Abandonou a idéia de arrumar trabalho e voltou para a música. Música é modo de dizer. Chegava em casa tarde da noite, fedendo a cachaça. Ficou agressivo. A gente discutia o tempo todo. Ele não era mais aquele cara simpático e carinhoso por quem eu me apaixonei. Às vezes dormia fora de casa. Comecei a desconfiar que ele saía com outras mulheres. Eu chorava, estava grávida, desequilibrada emocionalmente. Brigava com ele, me humilhava, implorava pra ele voltar a ser aquele sujeito atencioso de antes. Nossa relação foi dançando, caindo num buraco escuro. Toda noite ele saía, falava que estava tocando numa boate na Lapa, um lugar para turistas. Mas não me dizia o nome do lugar nem deixava que eu o acompanhasse. Você está louca, ele gritava, vai dar vexame e eu não posso perder a gig. Um dia resolvi sair atrás dele. Fui pra Lapa à noite. Eu estava enorme, com um barrigão desse tamanho, inchada. Rodei aquilo tudo feito louca. Ele não estava tocando em boate nenhuma. Que gig que nada. Encontrei teu pai com uma turma de bêbados embaixo dos arcos, enchendo a cara e vendendo maconha para turistas. Namorava uma gringa drogada, uma rata ruiva toda detonada. Um horror. Fiquei louca de raiva, fui falar com ele. Começamos a discutir ali na Lapa, debaixo dos arcos, eu grávida de sete meses. Então ele começou a me bater. Não gosto de lembrar disso. Não gosto de falar sobre isso, Samora."

"Então por que está falando?"

"Você vai entender. Essa foi a última vez que vi o teu pai. Jurei que nunca mais eu sequer pronunciaria o nome dele. Queimei as fotos, joguei as roupas dele fora, mudei de casa sem deixar o endereço. Anos depois, quando você já era grandinho e eu já estava casada com o Stephen, o Dudu, meu primo, lembra? O filho da Dinda."

"Sei."

"O Dudu vivia nos morros, você sabe. Subindo e descendo, comprando droga."

"O que tem o Dudu, mãe?"

"Foi o Dudu que contou que teu pai andava pelo Morro do Café, bêbado, pedindo esmola para sobreviver."

Samora sentiu um desconforto. Uma aflição.

"Por que me contar tudo isso agora?"

Houve um silêncio.

"Alô? Mãe?"

"Estou aqui, filho."

"Pensei que tinha caído a ligação."

"Sabe aquele homem que teve a cabeça decepada e exposta no mirante do Leblon?"

Samora sentiu uma vertigem. Uma perturbação brotando no centro do estômago. Como esquecer do único homem que tinha matado?

"Sei."

"O nome dele era Ramiro Santafiel Silva."

Maria fez uma pausa. Deu um suspiro.

"Mãe?"

"Eu não sei o quanto você se envolveu na morte dele. Os jornais disseram que você escreveu um texto justificando o assassinato."

"Mãe?"

"É tão difícil dizer isto."

"Fala, mãe."

"O Ramiro era o teu pai, Samora."

14

A noite estava clara, o vento tinha afastado as nuvens de chuva. Mas a tempestade que ele temia — e de certa forma previra — estava prestes a desabar. E não era da água que ele tinha medo. Caminhava pelo morro. Pairando acima de suspeitas. Cumprimentando os policiais. Observando as pessoas. Os muros, as paredes. O cartaz anunciando a estréia da *Gaivota* colado à parede da Associação dos Moradores. Foi subindo. O caminho conhecido. Repórteres de plantão. Gente excitada com a cara para fora das janelas. Ação. Acontecimentos simultâneos. A mulher que desmaiara procurando os filhos. Os meninos que subiam o morro atrás do guerrilheiro negro. Os repórteres estrangeiros comprando café e cigarros com dólares e euros.

Caminhando. Chegou à cyberbirosca de Gláucia Corcovado. Um reggae embalava os turistas que bebiam cerveja e consultavam os computadores. Vários jornalistas, fotógrafos, cinegrafistas. A birosca era uma espécie de posto avançado da imprensa e dos curiosos no front.

Gláucia trabalhava sem parar, servindo as mesas. Uma adolescente de trancinhas a auxiliava no atendimento dos fregueses. Gláucia o cumprimentou.

"Sozinho hoje?"

"É. Dando uma espairecida."

"Quer uma cerveja?"

"Pode ser."

Olhava em torno, perscrutando. Observando os sinais. E também se despedindo, de certa forma. Provavelmente teria de se afastar dali para sempre. Uma pena. Havia passado bons momentos na comunidade.

Gláucia trouxe a cerveja e ele deu um gole. Só um. Precisava manter-se atento, mas não podia mudar os hábitos de repente.

Não ia baixar a guarda logo no final. Levantar suspeitas. A cerveja estava boa, gelada. Limpou os óculos. Viu os homens da milícia chegando. Calmamente. Dois deles foram falar com Gláucia. Pegar a féria. Discretamente. Policiais, estava na cara. Ou ex-policiais, o que dá no mesmo. Enquanto as milícias e a imprensa estivessem por ali, ninguém apareceria. Ninguém que importasse. Os que ele aguardava talvez estivessem à espreita, esperando a hora de aparecer.

Pagou a cerveja, resolveu dar uma volta.

Os garotos corriam no escuro.

Sabiam que Felipe não estava longe.

Até que o playboy se virava bem, dando quinau neles em plena floresta, à noite. À noite, é mole? Danado. Vai ver o Zé Arruela não era tão mané quanto parecia. Era divertido caçar um playboy safo assim, no breu. Melhor que jogar game, brother.

Ouviram um barulho. Alguém correndo no meio das folhagens. Diferente de barulho de bicho correndo.

Melhor que jogar game, brother, tô dizendo. Muito melhor.

Samora tinha andado sem rumo pela noite, tropeçando nos troncos e nas pedras. Cortara o rosto de leve ao dar de cara com um galho. Caminhando no mato como um cego. Os sentimentos misturados. Chorou algumas vezes. Arremessou o celular longe. Ouviu o mensageiro da desgraça se espatifar numa pedra ou num tronco.

Por que aceitara tão passivamente atirar naquele sujeito quando Mara Maluca pediu que o fizesse? Para conquistar a confiança dela?

Tinha matado o pai.

Será possível? Trágico demais. Ramiro Santafiel Silva. Como a mãe tinha certeza de que era ele mesmo? Não poderia haver um homônimo? Algum erro? Um engano?

Um morcego passou voando baixo, quase esbarrando em Samora.

Não podia contar nada daquilo a ninguém. Pelo menos até ter certeza. Como ter certeza? Precisava de ajuda.

Começou a descer. Tropeçando. Não podia simplesmente voltar ao acampamento. Foi descendo.

Havia uma pessoa que poderia ajudá-lo. Nem que fosse para confirmar a desgraça. Alguém que conhecia as histórias do morro.

Samora desceu até o ponto onde as luzes permitiam que enxergasse o caminho. Cruzou com alguns dos garotos. Os sentinelas. Pelinha entre eles.

"Avisem ao pessoal que estou dando uma volta", disse. "Pensando."

"E esse corte no rosto?"

"Nada não. Bati num galho. Vem comigo", disse para Pelinha.

Foram descendo. Saíram do mato, chegaram ao descampado no alto do morro. As cabras dormiam em pé. Ninguém por ali. Lá embaixo, as luzes da cidade. Sentaram encostados à parede da velha caixa-d'água desativada. O microondas.

"Pelinha, vai até a birosca e avisa a Gláucia Corcovado que eu preciso falar urgente com ela."

Felipe corria a esmo, tentando encontrar uma saída. Perdido. Às vezes ouvia o ruído de carros e percebia que estava próximo de uma rua. Mas bastava caminhar em direção ao som para se aprofundar ainda mais na mata escura. Tinha arranhões nos braços e joelhos. Sentia-se cada vez mais estúpido. Subira o morro para resgatar a irmã e só conseguira se perder no mato. Os garotos de Mara Maluca haviam ficado com a sua mochila cheia de armas. A coleção inteira. Foda-se, estava de saco cheio daquela coleção ridícula. Os garotos disseram para ele ir embora, mas agora estavam no seu encalço; ele ouvia as vozes se aproximando. Sentiu vontade de voltar para casa. Que merda. Queria que aquilo fosse um pesadelo. Desejou acordar na cama, a salvo.

Continuou correndo.

Em dez minutos Pelinha estava de volta.

"Agora não rola. Tá cheio de alemão. Tem miliciano, polícia e jornalista. A Gláucia disse que vai dormir no bagulho. Vem te encontrar aqui no microondas na madruga, bem tarde mesmo. Se tiver alemão de olho, ela despista e não vem."

Samora dispensou Pelinha. Melhor não aglomerar, chamar a atenção. Mandou o garoto subir de volta e avisar a todos que ele estava bem.

"Vou ficar por aqui", disse Samora. "Pensando."

"Que é que tu tanto pensa?"

"Vai nessa, Pelinha."

O garoto sumiu no mato. Samora ficou olhando a noite. Ouvindo os grilos. Sem conseguir se concentrar em nada. Pensando no pai. O homem que matara no dia em que conheceu Mara Maluca. Para ganhar a confiança dela. O rasta com longos *dread-locks*, bermuda jeans e olhos vermelhos. Estuprador. Teve a cabeça decepada. O corpo mutilado jogado aos porcos. A cabeça exposta no mirante do Leblon.

Samora não percebeu o homem se aproximar.

Magro, com óculos de lentes grossas e olhar doce. Um pouco ansioso. Ele acreditava na arte e no poder que ela tinha de transformar o mundo e salvar as crianças do crime. O professor Humberto se sentou ao lado de Samora, tirou os óculos e limpou as lentes com a camisa. Estava ofegante.

"Puta que o pariu, estou cansado. Não tenho mais idade pra subir este morro."

"Fazendo o quê aqui numa hora dessas, professor?"

"Eu é que pergunto. Você não tem medo de ser preso?"

"É um risco que se corre."

"Quanta segurança... Você é mesmo tão seguro quanto aparenta, Samora?"

"Não sou seguro, sou maluco. Pode me chamar de Dom Quixote de trancinhas."

"Legal. E o que a gente faz com um Dom Quixote de trancinhas?"

"Presta atenção no discurso dele."

"Que discurso?"

"O da revolta."

"Isso é suficiente?"

"É um começo. Destruir pra construir de novo."

"Às vezes a arte consegue transformar as pessoas, Samora."

"Não existe mais arte. O terrorismo é a grande arte do século vinte e um."

"Não entendo essa tua fascinação pela violência."

"Não é fascinação, é consciência."

"Você acredita que vai transformar as pessoas com terrorismo?"

"Não. Com manifestos e ações. Pegando dinheiro das organizações do império. Enviando grana para as organizações de resistência. Dando exemplos práticos, provando que é possível uma transformação coletiva se houver uma transformação individual corajosa e radical."

"Você vai dançar."

"Temporariamente, pode ser. Minha foto está na internet. Minhas idéias também. O mundo é minha testemunha. Vou cair fora na hora certa."

"É? Quando?"

Samora levantou de repente, como se pressentisse perigo. Aquela conversa era um risco desnecessário.

"Agora."

"Que é isso? Calma. Vamos continuar o papo. Senta aí."

"Não dá, professor."

Samora saiu andando depressa. Entrou no mato. Encontraria um lugar seguro para esperar o momento de descer novamente até o microondas e se encontrar com Gláucia Corcovado. Um guerrilheiro sabe aguardar. Ou deveria saber.

Felipe tropeçou num galho e caiu. Exausto. Sentiu os joelhos ardendo. Eles sangravam. Agora conseguia ouvir com nitidez as vozes dos garotos, eles estavam muito perto. Começou a chorar. Então é isso o que faz um menino que toma Nescau ao pressentir o fim? Começa a chorar? Só isso?

Quando viu o homem negro olhando para ele, com tranças enormes e encardidas, pensou: fodeu.

O professor Humberto esperou Samora se afastar um pouco. Não muito. O suficiente para não perdê-lo de vista. Humberto estava com sorte. Um pouco antes tinha visto Pelinha chegar à cyberbirosca. Esperou o garoto sair e seguiu-o de longe. Tranqüilo. Pelinha levou-o até Samora. Tudo dando certo. Fácil demais. Acontece, por que não?

O chip grudado na pele com esparadrapo incomodava um pouco. Só isso. Aquela presença estranha, o *shadow finder*. Pare-

cia o título de um romance de espionagem. Tinha raspado os pêlos para depois não sofrer na hora de tirar o esparadrapo. Só isso.
Talvez a tempestade não viesse com tanta intensidade.
Talvez.
Foi seguindo Samora de longe. Pisando leve, caminhando com cuidado. Imaginando que o chip emitia sinais localizadores para a base, na Entorpecentes. Desenhando um mapa. Localizando. Observando, segurando a respiração. Era o seu trabalho. Gostava de Samora. Sentia admiração por ele. O rapaz era inteligente, abusado. Um pouco ingênuo, é verdade. Mas corajoso. Sentia ciúmes também. Estava na cara que Chayene estava apaixonada por Samora. Uma temporada na cadeia faria bem àquele ímpeto todo. Parou atrás de um fícus italiano de grandes raízes emaranhadas. Sentiu o toque metálico do cano da Rugger na nuca.
"Professor Humberto?", disse o Anjo, surpreso.
Humberto não teve tempo para nada: três garotos o imobilizaram. Um dos garotos acendeu a lanterna e direcionou a luz contra seus olhos. O Anjo tirou os óculos de Humberto. Quebrou as hastes em busca de alguma coisa que não encontrou. Revista de rotina, procurando microfones e armas. Atrás das más intenções. O que o professor de teatro estava fazendo no mato, de olho no Gringo? Sinistro. O Anjo abriu a camisa do professor com um puxão que descosturou vários botões. Nada na camisa. Tirou a calça dele.
"Machucou a virilha, verme?"
Os garotos repararam: ele tinha raspado os pentelhos.
Silêncio.
O Anjo encontrou o chip grudado com esparadrapo na virilha do professor, sob a cueca.

IV.

1

Dizem que a vingança é um prato que se come frio.
Qual o problema? Açaí é um bagulho que se come gelado e é delicioso.
Andava com pressa. Gostava de sentir o músculo da coxa doer enquanto caminhava. A dor era uma companhia constante. É o que sobra quando já se perdeu quase tudo. Partes do corpo. Falanges.
Dor e solidão. Caminham juntas, irmãs de sangue. Gêmeas univitelinas, daquelas que andam vestidas idênticas.
Uma vez vira numa revista uma foto com duas irmãs gêmeas nuas.
Na escola da vida, era Ph.D. Nas outras, não. Mal tinha aprendido a ler.
Tinha aprendido coisas mais úteis. Coisas que você precisa saber quando tem que sobreviver na selva.
A selva.
Dizem que os animais não têm o sentimento da vingança.

Qual o problema? Os animais também não mutilam companheiros de espécie.

A selva iluminada cheia de gatinhas macias e gostosas e cheirosas e suadas. Hum...

Chegou ao pontão do Leblon e ficou olhando as meninas e o mar. Um swell entrava pelo sul, facilitando a formação dos tubos. A brisa marítima tinha cheiro de mulher.

À noite as ondas ficam iluminadas pelos holofotes brancos. Ondas tubulares.

Alguns malucos na água, surfando.

Teve vontade de pegar uma onda daquelas. Entrar num tubo verde como um túnel de esmeraldas.

Estava sem a prancha.

Morava longe agora.

Mas ia voltar. Reconquistar o espaço.

Algumas coisas não dá para reconquistar. As coisas que se perdem para sempre.

Vai ver é por isso que dizem que a vingança é um prato que se come frio.

Foda-se.

Ele não queria comer.

Queria matar, é diferente.

2

"Ramiro e Pena. Esse é o nome da história. Ela não foi pro blog. Está escrita no meu caderno, depois te mostro. Não sabia que ia te encontrar. Senão tinha trazido o caderno comigo. Histórias da Montanha Nevada. Ramiro e Pena está lá, é uma das primeiras. É uma história comprida, mas deixa eu contar até o fim. É assim que as histórias devem ser contadas. Agüenta firme. Mesmo que você sofra ou chore ou dê risada. Agüenta firme. O final vai ser feliz, juro. Pra você, pelo menos. É a história do Ramiro e do Pena. Quando apareceram no morro, eram amigos inseparáveis, como irmãos. Eram parecidos fisicamente. Os dois eram baianos, músicos, gostavam de reggae e usavam dreads enormes. Amavam o Bob Marley, o Bunny Wailer, o Jimmy Cliff e o Peter Tosh. Fumavam bagulho. Comiam i-tal food, a comida natureba dos rastas jamaicanos. Mas já chegaram aqui meio detonados, essa é a verdade. Desiludidos com a carreira musical. Já tinham trocado a i-tal food por churrasquinho de gato. Não tinha rolado pra eles. Mas chegaram a fazer algum movimento. Abriram um show no Circo Voador, na Lapa, uma vez. Tocaram em barzinhos, num quiosque da Lagoa. Mas não rolou, tiveram de admitir. Fracassaram. Quando chegaram aqui, já não tinham grana. Fizeram uns shows na Associação, mas não emplacaram. O pessoal aqui se liga em funk, hip-hop, batidão, pagode. Não é todo mundo que gosta de reggae. Quase ninguém, o Rio não é a Bahia. Ficavam por aí, tocando violão, descolando um rango aqui e ali. O Ramiro, de cara, fez sucesso com a mulherada. Gostavam dele. Pegou muita gente por aqui. Arrumou briga feia com marido e namorado traído, mas não dava outra. O bicho era pegador. Vou te confessar, até eu tive uma coisa com ele. Mas essa parte da história você deleta. Não consta da versão oficial de Ramiro e Pena nas Histórias da Montanha Nevada. Quando eu fazia amor com o Ramiro, parecia que estava ouvindo música. Bobagem. Esquece. Vamos em frente: o Ramiro tinha uma história. Um passado. Como todo mundo. Uma mulher e um filho que ele tinha deixado pra trás. Ou melhor, uma mulher e um filho que tinham deixado *ele* pra trás. Uma história de amor que não deu certo. Lágrimas, porradas, berros, tristeza. Um lar desintegrado. Uma mulher grávida chorando sob os arcos da Lapa, o Ramiro dando nela. Histórias de amor. O Pena também carregava seus fantasmas. Mais sombrios. Uma condenação em Salvador.

Uma menina deflorada à força na praia de Pituba. Deram uma surra nele na praia. Linchado. Um tempo em cana. Parece que foi o motivo de ter deixado a Bahia. Não sei. Histórias nebulosas. Lendas. Eram só dois rastas que viviam por aí, levando a vida. Vendiam bagulho na pista, na praia. Eram simpáticos, as pessoas gostavam deles. Mas a culpa, ou a saudade, ou o remorso, ou seja lá como você queira chamar esse sentimento do passado, sempre volta. Volta pra cobrar um preço. Ramiro e Pena tinham contas a ajustar com o passado. Cada um escolhe um jeito de fugir da cobrança. O Ramiro começou a beber. Quer dizer, ele já bebia. Mas intensificou. Diziam, mas tu não é rasta? Não gosta de fumo? Que rasta que nada. Podia ter cara de rasta, mas o Ramiro gostava mesmo é de uma birita. Cerveja, cachaça, conhaque. Cachaça de manhã, cachaça à tarde, de noite. Um bafo horroroso. Dando em cima das gringas na praia. Mas ainda se relacionava bem com o Pena. Eram amigos, quase irmãos. A música, a essa altura, já tinha ficado pra trás. Venderam os violões pra descolar um troco. Bebiam juntos às vezes. Nos porres o Pena fechava o tempo. Amarrava uma tromba desse tamanho. Arrumava briga. Uma vez deu uma surra nuns paraíbas que viviam aqui em cima, uns coitados que juntavam jornal velho e garrafas vazias. O Pena era bom de capoeira, deu tanta pernada nos paraíbas que eles só não morreram porque os bandidos apartaram. Ficaram com seqüelas, sumiram, não apareceram mais. Parece que um deles ficou paralítico e voltou pro Norte. De navio. A agressividade é uma faca de dois gumes no morro. Ou você ganha respeito, e com o respeito vêm as responsabilidades, ou é eliminado. Aqui a coragem é uma bomba-relógio. Os bandidos se ligaram no potencial do Pena. Um homem que encara sozinho vários outros, sem medo, e ainda encontra prazer nisso é sempre um bom investimento para o crime.

Ramiro e Pena começaram a se afastar. Naturalmente, cada um indo numa direção.

O Ramiro foi afundando. Perdendo a graça e o charme. As mulheres já não tinham tesão nele. Sentiam dó. E ele foi ficando quieto, virando pra dentro de si mesmo igual um caramujo. Bebendo. Os cabelos perderam o viço e ganharam sujeira. O rosto inchado e os olhos vermelhos. Foi quando eu comecei a dar comida pra ele. Se não desse, o Ramiro morria de fome. Não ligava pra morrer ou continuar vivo. Era a mesma coisa. Acho que pensava no filho que ele abandonou na barriga da ex-mulher. Ou melhor, pensava no filho na barriga da ex-mulher que abandonou *ele*. Não conheceu a cara do pirralho. Devia ficar imaginando o filho. Como estaria agora, o que estaria fazendo naquele exato momento. O Pena não. Ganhou moral, o crime fortaleceu o Pena. Começou a assaltar. Não tinha medo de PM nem de ninguém. Metia a bucha. Pernada. Mas não conseguia deixar as mulheres ligadas. Era muito violento. Desajeitado. Pagava piranhas pra transar com ele, mas isso não satisfazia o Pena. Gostava mesmo é de pegar menininha à força, obrigar ela a transar na porrada. Esse era o tesão dele.

Um dia o Pena foi em cana num assalto.

Deu mole, *güentaram* ele. Na delegacia disse pros canas que se chamava Ramiro. Usou o nome do amigo pra acobertar a própria identidade. Acho que ele gostou daquilo, porque desse dia em diante começou a usar o nome de Ramiro nos assaltos. Dizia pros bandidos chamarem ele de Ramiro. Bandido é como puta, né? Tem nome de guerra. Difícil achar uma puta ou um bandido que seja conhecido pelo nome verdadeiro. Então o Pena virou o Ramiro.

Mas o Ramiro ficou sabendo que o Pena estava usando o nome dele nos um-cinco-sete. Que o Pena tinha dito pra polícia que o nome dele era Ramiro. Aquilo enlouqueceu o Ramiro. Era uma coisa que ele não podia suportar. Uma traição absurda de alguém que tinha sido tão amigo, tão íntimo. Quase irmão. O Ramiro foi amargando aquilo, destilando aquela mágoa dentro dele, fermentando aquela raiva no coração e no fígado. Bebendo.

Enquanto isso o Pena continuava na função, fortalecendo, assaltando, barbarizando, nem aí pra nada.

E então apareceram uns canas no morro fazendo perguntas. Procurando um tal Ramiro que tinha estuprado uma menina num assalto em Jacarepaguá. Assaltar tudo bem. O arrego era combinado, os canas recebiam a parte deles e deixavam o bonde passar. Mas estupro não pode. Fica mal. A imprensa reclama, as autoridades pressionam, a opinião pública não aceita. Não deu outra: os canas subiram o morro atrás do Ramiro que tinha estuprado uma menina em Jacarepaguá. Mas o Ramiro que eles procuravam era o Pena. E como é que o Ramiro verdadeiro ia explicar essa história pra polícia? Ainda mais que os dois eram tão parecidos.

Essa foi a gota d'água. Ou a gota de cachaça, no caso do Ramiro verdadeiro.

Então agora ele tinha de fugir da polícia, como se fosse um criminoso? Ele que gostava de música, de reggae, de mulheres bonitas e alegres? Ele que tinha um filho em algum lugar? Que porra é essa?

O Ramiro se escondeu, deixou passar, a polícia acabou desistindo de procurar por ele. Mas foi a gota. Transbordou o copo dele. Não era culpado, não tinha estuprado ninguém. Começou a odiar o Pena. Já tinha sentido amor, mas fazia muito tempo. Agora não dava mais. Eles trocaram uma idéia, acabaram brigando. Subiram o mato aí pra cima, lutaram capoeira, no fim o Pena tirou uma peixeira e abriu um corte no peito do Ramiro. Uma facada que riscou o peito dele do pescoço até a barriga formando um estranho ponto de interrogação. O ex-Ramiro nunca se recobrou. Desse dia em diante virou um fantasma, um homem que fala sozinho e vive num mundo paralelo, que parece próximo, mas é muito distante do nosso. O Pena, que naquele dia virou Ramiro, ainda viveu algum tempo na euforia do crime e da farinha. Mas depois que os chefes foram presos, depois que os lordes, os traficantes antigos, foram para a jaula, o Pena, que já era Ramiro, começou a afundar na droga e na birita. Os traficantes novos não o fortaleciam mais. Quando ele estuprou uma menina aqui no morro, a Mara Maluca matou ele."

"Eu matei ele", disse Samora.

"Não foi você. Foi a Mara Maluca através da tua mão."

Samora olhou para Gláucia. Na escuridão o olho de vidro parecia zombar dele. Perguntou: "Essa história é verdadeira ou você inventou tudo só pra me deixar em paz com minha consciência?".

"E eu ia vir até aqui pra te mandar um *caô* desses? Me arriscando? Pergunta pra qualquer um aí no morro. Pergunta pro pessoal mais velho. Os coroas sabem. Essa história é conhecida."

"Você tirou o peso do mundo das minhas costas."

"Ele é pesado demais. Ninguém dá conta de carregar tanto peso."

Gláucia fez uma pausa.

"O que ninguém sabia é que você era o filho perdido do ex-Ramiro."

Por um momento ficaram ouvindo os grilos na escuridão.

"Então meu pai é aquele rasta que vive por aí, bêbado? Aquele que não fala coisa com coisa?"

"Alimentado por mim."

"Onde eu encontro ele?"

"Não sei. Ele some e aparece. Faz tempo que não aparece. Deve estar no mato. Ele vive por aí. Só aparece quando está com fome. Faz tempo que não aparece. Deve estar comendo churrasco de macaco aí pra cima."

"E como ele é chamado agora? Como é o nome dele?", perguntou Samora.

"Ele não tem nome. É ninguém", disse Gláucia. "Perdeu a identidade naquela luta."

3

A sala de Wembley Medeiros na Delegacia de Entorpecentes, em Grajaú, tinha se transformado no quartel general da Operação Guerrilha. Às três da manhã, os homens se deram conta de que alguma coisa estava errada. Problemas com o agente infiltrado. Ou com o *shadow finder* recém-adquirido. A tela do monitor que captava as informações enviadas ao satélite pelo chip indicava um ponto estagnado na entrada da floresta.

"Ou o agente está cagando há uma hora, ou essa porra de equipamento pifou", disse Wembley.

Os técnicos da PF não acharam graça.

"O equipamento não falha", disse um deles. "Acabou de chegar dos Estados Unidos."

"Se fosse tão bom o Bin Laden já teria sido capturado", observou Wembley.

"Ele deve estar parado", disse o técnico.

"O Bin Laden?", perguntou Wembley.

"O agente."

"Ou então aconteceu alguma coisa", disse outro técnico.

Os homens se olharam.

Samora andava com dificuldade pelo mato. Estava sem lanterna. Estranhou a ausência dos garotos. Alguém deveria estar esperando por ele. Esse era o plano.

Pensando bem, era bom que não houvesse ninguém ali.

Sentia-se leve e eufórico, com vontade de falar com alguém, contar do seu susto e da sua angústia, e depois do seu alívio. Melhor não se precipitar e sair falando tudo. Antes teria de checar a veracidade da história de Gláucia Corcovado. E se aquela história fosse só o fruto da imaginação de uma escritora?

Seria ela tão imaginativa a ponto de inventar tudo aquilo de improviso?

Samora ouviu um barulho estranho no mato. Como alguém fazendo sons engraçados com a boca. Uma criança imitando um porco. Talvez fosse alguma capivara perdida por ali. Havia capivaras naquele mato. Algumas eram capturadas para a alimentação do bando. Logo ele sentiria saudades dos churrascos de capivara. O que comeria nas florestas da Colômbia? Provavelmente os comandantes das Farcs lhe serviriam um banquete se conseguisse libertar o colombiano e levá-lo em segurança até a Colômbia.

Planos.

A mata fechada dificultava a caminhada. Não sabia mais onde estava. Sentia-se fora do plano. Inseguro. Talvez fosse melhor assim. Quem sabe o destino não estava guiando seus passos na direção do pai?

Tentou perceber as coisas como um morcego.

Os homens cruzaram com Gláucia Corcovado a caminho do alto do morro.

Uma mulata careca com um olho de vidro nunca passava despercebida.

Noutra ocasião Wembley a pararia para uma revista, mesmo que ela estivesse vestindo outra vez aquela camisa do Vasco da Gama.

Uma mulata careca com um olho de vidro é sempre uma suspeita em potencial.

Suspeita de qualquer coisa, mesmo torcendo para o Vasco.

Wembley disse apenas: "Boa noite".

Gláucia não respondeu. Não gostava dos policiais nem dos milicianos. Muito menos dos bandidos. Políticos? Era uma pacifista.

A equipe continuou subindo.

Seria a grande invasão anunciada? Não era possível, pensou Gláucia, apenas dez homens sorrateiros.

A equipe reduzida chegou ao alto do morro.

Um dos homens guiava o grupo com o auxílio de um monitor. Chegaram à entrada do mato. Não andaram muito. Logo ali, no chão, entre as raízes de um fícus italiano, encontraram uma tira de esparadrapo, uns óculos quebrados, a camisa e a calça do agente infiltrado. O *shadow finder* ainda estava grudado no esparadrapo.

Renato estava na casa de Lílian, com Tavinho e Ilana, esperando notícias do filho desaparecido. Deixaram a TV ligada num canal de notícias. Velma veio da cozinha com uma bandeja de café e colocou-a sobre a mesinha da sala.

"Eu sei que vocês não acreditam muito", ela disse. "Mas vamos rezar."

"Eu acredito", disse Ilana.

Velma sugeriu que formassem um círculo no meio da sala e que se dessem as mãos. Renato hesitou.

"O senhor também, doutor Renato", disse Velma. "Principalmente o senhor."

Formaram o círculo e deram-se as mãos.

"Pai nosso, que estais no céu...", Velma começou a rezar em voz alta, com os olhos fechados. Todos fecharam os olhos, menos Renato. Ele estranhou ver Lílian rezando com fervor. Ilana também. Tavinho não rezava, mas permaneceu de olhos fechados e fez o sinal-da-cruz quando disseram amém.

Renato gostaria de ter fechado os olhos e rezado, mas não conseguiu.

Quando amanheceu, Ilana foi para casa e Renato decidiu ir até o hotel para tomar banho e trocar de roupa. Tavinho permaneceu no apartamento ao lado de Lílian, que dormia depois de ter ingerido calmantes. Velma ficou sentada na mesa da cozinha, lutando contra o sono e ouvindo rádio.

4

De manhã Chayene e um ator repassavam o fim do terceiro ato da *Gaivota* na Associação dos Moradores.
"*Só mais um minuto...*", disse Chayene.
"*A senhorita é tão linda... Ah, que felicidade saber que, em breve, nos veremos!*", disse o ator que interpretava Trigórin.
Seguindo a rubrica, Chayene encostou-se ao peito do ator. Ele ficou quieto. Chayene olhou para ele: "E aí?".
"Me deu branco", disse. "Esqueci o resto da fala."
"O professor Humberto está atrasado", disse Chayene. "Estamos desconcentrados."
"Desconcentrados e nervosos", disse Ivan, que interpretava Trepliov. "Qual é? Ele nunca deu bolo."
"Faltando tão pouco para a estréia...", disse o ator que fazia Trigórin.
"Até quando vamos esperar?", perguntou uma das atrizes.
"Vamos vazar", disse Chayene. "Está tarde, quase hora do almoço, ele não vem mais. O ensaio não rola sem o professor Humberto."
Os atores saíram inseguros do ensaio frustrado.
Chayene caminhando para casa. Subindo a escada, entrando na viela. Levou um susto quando viu Vaca.
"E aí?", ele disse, sorrindo.
Os cabelos descoloridos e curtos. O garoto estava mais magro. Chayene tentou não olhar, mas sabia que Vaca não tinha mais o dedo mínimo da mão direita. Cumprimentaram-se com

beijinhos no rosto. Vaca notou que Chayene não resistiu e olhou para a mão dele.

"Tu deve estar cabreiro com a Maluca", disse.

"Esquece. Nem lembro mais que estou sem o dedinho. O dedinho não serve pra nada. Ninguém precisa de um dedinho pra ser feliz."

"Por onde tu andou, moleque?"

"Por aí. Me deu saudade. Voltei pra ver a galera."

Chayene ficou feliz de ver o garoto de volta. Também tinha sentido saudades dele.

"Tem surfado?", ela perguntou.

"Nada. Tô morando longe. Rodei muita pista. E o Pelinha?"

"'Bora comigo pra casa", ela disse. "Temos muito o que conversar."

Continuaram subindo juntos. Alegres. Conversando.

Ele abriu os olhos. Dia claro, céu azul e sol forte. Tinha adormecido no mato, desorientado, procurando um homem envelhecido com *dread-locks* grisalhos e cicatriz em forma de interrogação no peito. Um homem que fedia a cachaça e sujeira e vivia no mato falando sozinho e tendo alucinações. O homem que não tinha nome e era conhecido como ninguém.

"Samora!", gritou Sofia.

Ela olhava para ele. Tinha na expressão um misto de alívio e raiva.

"Por onde você andou, cara? Todo mundo preocupado com você! Não faz isso comigo, não. Não me deixa sozinha."

Beijaram-se.

"Caí no sono. Dei mole", disse Samora, levantando.

"Você está todo sujo, amassado. Vem tomar um banho de cachoeira."

Samora hesitou.

"Você não quer conhecer a minha cachoeira?"

Foram até a cachoeira de Sofia. Ela se movia com familiaridade por ali. Conhecia as plantas.

"Olha aquele ipê", disse. "Não é lindo?"

O ipê era lindo.

Banharam-se na cachoeira. Por alguns momentos o mundo pareceu selvagem e destituído de gente. Só uma espécie de paraíso luminoso, sonoro e irreal. E ele não tinha matado o próprio pai. Samora beijou Sofia. O corpo branco e frágil. O cabelo curto e preto molhado como uma penugem de pássaro na chuva. Samora pensou em contar a história toda a Sofia: o telefonema para a mãe, a culpa atroz, a conversa com Gláucia Corcovado e o alívio redentor no final. Mas resolveu esperar mais um pouco. Pelo menos até ele mesmo se convencer de que tudo não passava apenas de um sonho estranho.

"Desculpe", disse Sofia, "se eu pego no teu pé às vezes. É que essa situação me deixa insegura e nervosa."

"Eu sei", ele disse. "Eu também estava inseguro. Mas agora estou feliz."

Quando voltaram ao acampamento, viram Mara Maluca e os soldados de seu exército destroncando um cadáver com facões.

Retalhavam o corpo do professor Humberto no chão. Havia jornais empapados de sangue estendidos sob o corpo.

Sofia sentiu uma contração no estômago. Ajoelhou-se e começou a vomitar.

"O que é isso? O professor Humberto?", gritou Samora.

"Professor Humberto o caralho", disse o Anjo. "Cana infiltrado. Fingia que dava aula de teatro, mas informava os alemães de todos os nossos movimentos. Ele estava te seguindo ontem à noite. Peguei ele no mato te tocaiando. Estava com um chip na cueca. Ia *xisnovar* pros vermes a nossa posição."

"Chip na cueca? Por que não me avisaram?"

"Tu não tava na área", disse Mara Maluca. "Disseram que tava pensando. Não pode pensar muito não, mané."

Samora se aproximou de Sofia, que tinha se sentado no chão. Estendeu a mão para ela, ajudando-a a se levantar.

"Foi um erro matar esse cara", disse Samora. "A gente devia ter arrancado informações dele."

"Eu preferi arrancar o coração", disse Mara Maluca.

"Foi um erro."

"É a lei", ela disse. "O verme deixou um recado pra ti antes de morrer. Mandou dizer que Tchecov era só uma armadilha, um disfarce. Ele também não acreditava que a arte ia salvar ninguém aqui. Quem é Tchecov?"

Samora não teve vontade de explicar. Ele e Sofia se abraçaram e foram caminhando lentamente em direção ao mato. Mara Maluca não ligou: continuou a destrinchar o fêmur do homem esquartejado.

"Osso duro", disse.

5

Zé Luís ligou para Wembley Medeiros.

"Ouvi dizer que o agente dançou."

"Caiu nas mãos deles. Talvez queiram negociar a liberdade dele em troca de algum favorecimento."

"Quem era ele?"

"Um cara da Federal. Ainda não me disseram o nome. O codinome era Humberto. Crioulo também. Brilhante. Fazia uns bons meses que estava freqüentando a comunidade. Se passava por professor de teatro. Ensaiava uma peça com a garotada da favela. Um luxo. Era respeitado por todo mundo. Líderes da comunidade, moradores, comerciantes. Até os bandidos respeitavam o rapaz."

"E agora?", perguntou Zé Luís.

"Fodeu. Vamos subir amanhã de manhã, de qualquer jeito. Vamos com tudo, derrubando árvore se precisar. Vamos desmatar a floresta, já recebi autorização da Secretaria e do Ibama. Tenho três helicópteros à disposição, inclusive o blindado do Core. Estão sendo abastecidos agora. Vai ser uma operação de guerra. *Shadow finder* de merda. É por isso que os americanos estão chafurdando no Iraque."

"Você tem alguma orientação especial em relação à menina?"

"Tenho ordens expressas. Sofia e Samora voltam vivos. Além do Humberto, se ainda não o mataram."

"O irmão da Sofia, Felipe, subiu o morro atrás dela."

"Sério? Que idiotice."

"Pois é. Mas subiu. Parece que estava armado."

"Quantos anos ele tem?"

"Dezessete, acho."

"Maluco. Vou trazer ele também, se ainda estiver vivo."

"Não fala uma coisa dessas."

"Com esses malucos lá em cima? Eu espero qualquer coisa."

"Está nas suas mãos, Wembley."

"Deixa comigo."

"Fico preocupado. A Sofia e o Felipe são praticamente crianças."

"Zé Luís, reza por mim. Serei o guardião dessas crianças. Elas voltarão vivas, fique tranqüilo."

"Amanhã de manhã? A que horas?"

"Partimos da Entorpecentes às dez. Torce pra não chover. Senão atrapalha a operação dos helicópteros."

"Eu vou torcer", disse Zé Luís. "E vou rezar também."

Renato chegou à recepção do hotel com uma sensação de que o chão lhe faltava sob os pés. E então viu o filho sentado numa poltrona, olhando para ele com olhos arregalados e vermelhos. Braços arranhados, rosto pálido. Um pouco de sangue seco espalhado pelos braços e pescoço. Renato sentiu uma felicidade parecida com a que sentira quando Felipe nasceu, dezessete anos antes. Daquela vez o menino também estava ensangüentado.

Felipe correu em direção ao pai.

"Desculpe. Eu queria tirar a minha irmã de lá."

"Você encontrou a Sofia?"

"Não. Roubaram minhas armas, me perdi no mato. Um mendigo me salvou. Achei que ele fosse me matar, mas ele me salvou. Um negão com umas trançonas encardidas. Parecia um cantor de reggae. Ele não falou nada, mas me escondeu dos bandidos e me tirou do mato. Ele tinha uma cicatriz gigante no peito."

"Teu anjo da guarda é rastafári", disse Renato.

"Comigo tudo sempre é diferente."

Renato abraçou o filho.

"Eu não quero mais morar com a mamãe. Quero morar com você", disse Felipe.

Ele começou a chorar, e pela primeira vez em muitos anos Renato sentiu que o filho se deixava abraçar de verdade.

Sofia e Samora voltaram à cachoeira.

Estavam nervosos, desnorteados.

Falaram muito, um atropelando a fala do outro, sem entender direito do que falavam.

Depois ficaram em silêncio, ouvindo o som da água.

Samora pensou mais uma vez em contar a história de seu pai a Sofia, mas preferiu se concentrar num plano. Ele tinha um em mente, como sempre. Planos não paravam de brotar da cabeça de Samora como mariposas voando em torno de uma lâmpada acesa. Agora que não havia mais tempo hábil de realizar seu plano original — libertar Perro Blanco —, ele imaginava uma outra maneira de chegar às Farcs. Mara Maluca tinha fornecido a Samora alguns nomes. Contatos. Ele e Sofia dariam um jeito de alcançar algum lugar seguro. Desceriam pela mata, caminhando no sentido inverso ao da polícia, driblando as adversidades. Sofia pegaria um táxi na rua. Uma moça num táxi, coisa mais normal do mundo. Ele seguiria separado. Talvez com um disfarce. De gari, por que não? Um gari crioulo, coisa mais normal do mundo.

Chegariam à rodoviária, pegariam um ônibus até algum lugar bem distante ao norte. Depois, a Colômbia. Tinham os dólares e os euros do assalto à casa de Ana Germain e uma reputação construída em matérias de jornal e TV. Fretariam um jatinho. Chegariam à Colômbia ou a qualquer outro lugar onde pudessem se reorganizar.

Planos faziam as coisas andar, davam a impressão de que fatos aconteciam em seqüências preestabelecidas e seguras.

Mara Maluca, o Anjo e os garotos escapariam pelo Morro do Funil, escoltados por homens do Comando Vermelho, que lhes garantiriam proteção, evitando assim o confronto de Mara Maluca com Cara de Rato, o traficante rival. Por um preço camarada, evidentemente. Maluca e seu bando encontrariam os homens do Comando numa gruta na floresta, localizada a uma hora de caminhada do acampamento, próxima à torre elétrica. O Comando os conduziria em segurança até a cidade. Ficariam escondidos, espalhados por diferentes favelas dominadas pela facção. Até as coisas esfriarem.

"Ei, cara", disse Sofia. "Eu te amo. Vamos sair dessa."

"Eu tenho um plano", ele disse.

"Eu sei."

"Vamos voltar pro acampamento. Vamos preparar as coisas pra vazar logo desse inferno."

* * *

Renato e Felipe chegaram ao apartamento de Lílian.

Felipe demorou um pouco a convencer a mãe de que passaria uns dias com o pai no hotel. Ele disse "uns dias" aconselhado por Renato. Se dissesse "não quero mais morar aqui", Lílian o proibiria de sair. Renato sabia das coisas, concluiu o menino. Enquanto ele juntava algumas roupas no quarto, Renato ligou a televisão da sala. Levou um susto quando viu imagens da polícia recolhendo os restos mortais do agente esquartejado. A notícia entrara no meio da programação, urgente e chocante. Os pedaços disformes do corpo, ainda ensangüentados, foram largados na favela ao longo de uma viela.

Lílian, Tavinho e Felipe se aproximaram da TV. Velma fez o sinal-da-cruz.

Renato pegou o telefone e discou o número do celular de Zé Luís.

"Zé Luís? É o Renato. O Felipe voltou pra casa."

"Ele está bem?"

"Está, tudo certo. Só um pouco arranhado."

"Graças a Deus. Vou avisar o Wembley. Um problema a menos."

"Acabei de ver na TV a notícia do policial esquartejado."

"Dessa vez eles foram longe demais."

"Não teve nenhum manifesto?"

"E precisa? Quer manifesto mais contundente que esse? O corpo esquartejado de um membro da corporação? Um representante da lei?"

"Talvez o Samora não esteja por trás desse assassinato. Talvez a morte desse agente não seja um manifesto político."

"Claro que é. Sempre é. Os bandidos vivem se manifestando politicamente, mesmo que eles não saibam."

"A diferença é que o Samora dá a entender que tem consciência do que faz", disse Renato.

"Não tem diferença nenhuma. A situação é insustentável. Sabíamos que o agente tinha sido capturado, mas não que tinha sido executado. Executado e esquartejado. É muita crueldade. Pior que na guerra. Prisioneiros de guerra são mais respeitados. É uma barbárie. A polícia vai atacar amanhã."

"E a Sofia? Como minha filha vai escapar desse pesadelo?"

"Já falei com o Wembley, estou cuidando disso."

Houve uma pausa na conversa. Um momento silencioso em que Renato sentiu um grande vazio. Como se um saco plástico transparente o sufocasse.

"Renato", disse Zé Luís, "não quero te prometer nada. Não quero criar expectativas. Mas talvez você tenha uma boa notícia hoje à noite. Você e a Lílian."

Aquelas palavras injetaram algum tipo de esperança no organismo de Renato. Como respiração boca a boca num afogado.

Perro Blanco ouviu sirenes de ambulância ao longe.

Um vento balançando as cortinas da janela.

Estava meio dormindo, meio acordado. Agora passava muito tempo pensando em Mabel, a putinha loura. Imaginava a cena inteira, sem pressa. Saboreando. Saía do agrupamento das Forças no fim da tarde. Rodava de jipe os sessenta quilômetros de trilha de cascalho e terra esburacada que separavam o agrupamento do vilarejo de San Lázaro. Duas horas de viagem, um pouco mais ou um pouco menos, dependendo das condições da estrada. Chegando a San Lázaro, comprava cigarros e bebia duas garrafas de cerveja gelada na bodega da Turca. E então sentia-se finalmente preparado para o encontro. Caminhava pela rua vazia até a casinha verde. A luz da janela estava acesa, indicando que Mabel o aguardava. Entrava com cuidado, sem bater. A porta da casa aberta. Ele se aproximava do quarto, passo a passo pelo corredor. Abria a porta do quarto: Mabel deitada nua na cama, a magnética vagina sem pêlos atraindo o olhar de Perro Blanco. iPod no ouvido. Shakira, Luis Miguel, Ricky Martin. Mabel sorria ao ver Perro Blanco entrar. Aquele sorriso era a permissão. A autorização para que ele iniciasse os trabalhos sem esperar que ela tirasse os *head-phones* das orelhas. Perro Blanco chupava Mabel. Ela continuava ouvindo Shakira, ou Luis Miguel, ou Ricky Martin. O grelo úmido e vermelho. Limpo, aparentemente limpo, a pele lisa do ventre sem nenhum pêlo. Ele se prolongava naquele ato, até cansar o pescoço e sentir a língua formigar. A essa altura seu pau estaria duro, muito duro.

Perro Blanco sentiu o pau duro ali, na cama do hospital.

O som das sirenes, a luz das lâmpadas frias. O vento.

E então ele entrou.

O sorriso inconfundível de escárnio. E vitória.

Ruy Herrera, chefe de polícia de Cartagena das Índias, alegre e satisfeito como um turista.

Havia mais alguns homens com ele, mas Perro Blanco não reparou em suas feições. Ruy Herrera era problema suficiente. Não precisava de mais ninguém.

O pau de Perro Blanco murchou na hora.

Ali estava, na sua frente, num hospital do Rio de Janeiro, o maior inimigo das Forças.

Wembley, o tira que lhe dava cigarros, o havia traído.

Filho-da-puta.

"Olá", disse Herrera, alegre e satisfeito como um turista.

Samora e Mara Maluca dividiam o butim. Jóias, relógios, dólares, euros. Abotoaduras, iPods, uma caneta-tinteiro.

O produto da ação revolucionária, pensou Sofia. Uma caneta-tinteiro. Ainda bem que estavam de partida. Mesmo que fosse para a prisão. Sair dali seria como acordar de um sonho em que as coisas estão prestes a acontecer mas não acontecem.

Sofia pegou alguns sacos de biscoito na barraca. Decidiu despedir-se. Caminhou até o ipê. O cheiro do mato era bom. O ar sempre fresco, úmido e perfumado. A camiseta com a foto de Ben Harper permanecia ao lado do tronco, sem os mantimentos que colocara ali da última vez. Formigas andavam sobre o tecido.

Ben Harper sorria para ela com dentes largos.

Colocou os sacos de biscoito sobre a camiseta. Gostava de ajudar as pessoas. Alimentá-las. Talvez aquele fosse o seu caminho. Ajudar as pessoas de verdade, não apenas jogando dinheiro roubado para o alto. As coisas seriam diferentes dali em diante. Mais difíceis, menos ilusórias. Mais reais.

Ouviu o chamado da água.

Caminhou mais uma vez até a cachoeira. Despedindo-se. O vento balançava as árvores com mais intensidade. Nuvens escuras e pesadas moviam-se sobre as copas. Sentou com os pés no rio, ficou ouvindo a água correr.

"Sofia", disse um homem atrás dela.

A voz despertou-a do torpor. Não era a voz de seu amigo, o ser da floresta a quem ela alimentava. Tampouco uma voz conhecida.

Virou-se e viu três homens.

6

Depois que terminaram a partilha dos objetos e do dinheiro roubados, Mara Maluca estendeu a mão para Samora.

"Valeu, brother. Foi bom te conhecer."

Samora retribuiu o cumprimento, um pouco desconfiado.

"Perdoa o mau jeito com o professor, mas eu sou assim", ela disse. "Nunca me ensinaram nada."

"Tudo certo. A gente tem mais a ver um com o outro do que parece. Nós somos os insones que desesperam a história. Existem outros como nós por aí, perdidos. Perdidos mas acordados."

"Eu não entendo tua conversa, Gringo."

"Você devia ler os livros que eu te dei."

"Não adianta. Eu não sei ler."

Um dos homens era careca e musculoso. O outro usava um cavanhaque. O homem que se dirigia a Sofia tinha um olhar bondoso. Era magro e grisalho. Fez Sofia lembrar do pai.

"Sofia", ele repetiu, agora sorrindo.

Os três estavam armados e vestidos com roupas escuras.

"Quem são vocês?", perguntou Sofia.

"Meu nome é Zé Luís. Sou da polícia, mas não estou aqui como policial. Estes são o Rafael e o Helinho, policiais também, mas estão aqui só como amigos. Conheço teus pais. A Lílian e o Renato. Eles estão sofrendo muito."

"Eu também estou sofrendo", disse Sofia.

"Então."

Sofia notou que os dois homens que acompanhavam Zé Luís estavam tensos. Olhavam para os lados, ansiosos. Rafael segurava uma submetralhadora AR junto ao peito. Seus olhos não paravam de esquadrinhar cada metro quadrado da clareira. Olhava para cima de vez em quando. O outro, Helinho, segurava um fuzil AK com a mão direita. O fuzil apontava para baixo, mirando as formigas que passavam. Ele alternava olhares para os lados e para Sofia. Parecia querer decifrar alguma mensagem secreta emitida pelos olhos dela. De vez em quando passava a mão esquerda pelo cavanhaque como quem acaricia um cachorro.

Zé Luís prendeu a Glock G18 ao cinto e se aproximou um pouco mais. Cautelosamente. Levantou as mãos.

"Posso me aproximar?"

"Depende", disse Sofia. "Vocês vieram me buscar?"

Zé Luís moveu a cabeça afirmativamente.

"Mas vocês não querem me obrigar a ir com vocês."

"Não", disse Zé Luís. "Só queremos salvar a tua vida. Amanhã a polícia vai invadir este lugar. Não vai ficar pedra sobre pedra. Vocês não deviam ter matado e esquartejado aquele policial."

"Eu não matei nem esquartejei ninguém."

"Eu sei. Você não é criminosa. É vítima."

Zé Luís estendeu a mão.

"Vem comigo, Sofia."

"Eu não sou vítima."

Uma maritaca cruzou a clareira num vôo curto e baixo e emitiu uma seqüência de sons agudos que soaram como uma risada de escárnio. Os homens se assustaram. O careca apontou a AR para o pássaro, que sumiu no mato.

"Calma", disse Zé Luís ao seu comandado.

Rafael deu um sorriso constrangido e aliviado: "Se eu mato uma porra dessas, é capaz de ter problema com o Ibama depois".

Helinho riu, nervoso.

"Vem", disse Zé Luís para Sofia. "Vou te levar em segurança até os seus pais. Não vou te entregar pra polícia, juro."

"Você é polícia."

"Sou amigo dos teus pais. Eu tenho um filho da idade do teu irmão."

"Não apela pra esse tipo de sentimentalismo. Não vai funcionar comigo."

"Teu irmão tentou te salvar. Subiu o morro e só não foi assassinado por milagre."

A notícia atingiu Sofia.

"Conversa. Deixa o Felipe fora disso."

Zé Luís tirou o celular do bolso da calça e estendeu-o na direção de Sofia.

"Pergunta pro teu pai. Ou pra tua mãe. Ou pro Felipe mesmo."

"Ele está legal?"

O careca e o de cavanhaque trocaram um olhar.

"Está ansioso", disse Zé Luís. "Em casa, te esperando. Não quer ligar?"

"Não! Guarda isso senão eu grito."

"Calma."

Zé Luís guardou o celular. De certa forma, o aparelho parecia ameaçá-la mais do que a pistola.

"Você conhece alguma penitenciária, Sofia?"

"Não."

"Nem queira. Vem comigo. Vou te livrar."

"E se você estiver mentindo?"

"Se ficar, ou morre ou vai presa. Ninguém sabe com certeza o que vai acontecer aqui amanhã de manhã."

Zé Luís esperou que as palavras causassem algum efeito em Sofia. Alguma dúvida. Medo. Afinal de contas, era só uma menina de dezenove anos. Uma menina magra e branca com o cabelo muito curto. Zé Luís pensou em modelos que morrem de anorexia. Uma rajada de vento balançou as copas das árvores. Os homens começaram a demonstrar impaciência.

"Chefe", disse Helinho, "não dá pra descer no escuro."

"Vamos, Sofia", disse Zé Luís.

"Eu não tenho outra opção, não é?"

Zé Luís ficou quieto.

"Vocês não vão me deixar ficar."

"Por que razão você ficaria aqui? Por amor? Está apaixonada pelo Samora? Vão viver pra sempre aqui, neste mato, como animais? Há quanto tempo você não toma um banho decente? Não come uma refeição decente? Ou é por ideologia? Quer mudar o mundo assim? Assaltando casas de câmbio e mansões de ex-colegas do Samora? Que revolução é essa? No que isso ajuda o Brasil a se tornar um país melhor? Hein?"

Não deu tempo de Sofia responder. Os tiros saíram por trás das folhagens, disparados de todos os ângulos da clareira.

7

A água desceu com força destruidora. Relâmpagos. Os pingos da chuva batiam com força no vidro da janela do quarto do hotel. Lá fora já era noite. Renato e Ilana estavam nus, deitados na cama. A TV ligada sem som.

Ilana levantou e caminhou tateando pelo quarto. Abriu um pouco a janela e ficou sentindo o cheiro da chuva. Renato foi ao encontro dela, pisando leve para surpreendê-la. Abraçou-a pelas costas, comprimindo o corpo dela contra a janela.

Ilana sentiu a pele de Renato envolvendo a sua. Pensou nas letras sagradas da cabala. As emanações. Zain e Resh. A união dos dois mundos, espiritual e físico.

Sentiu o pau de Renato entrando por trás.

Os corpos juntos, movendo-se sutilmente em ritmo lento.

Gozaram juntos ali mesmo, em pé.

Depois ficaram ouvindo a chuva.

Samora beijou Sofia dentro da barraca.

Sentiam-se inseguros, dependentes do sentimento de um pelo outro.

A lona não impedia a água de entrar, molhando as roupas e os livros. Os dólares. A situação se precipitara. Os corpos de Zé

Luís e de seus dois companheiros de polícia foram jogados na lama, no fundo de uma trincheira cavada segundo técnicas vietnamitas de guerrilha na selva.

Enfim as memórias de Ho Chi Minh tiveram um uso prático.

A morte dos policiais havia abalado a autoconfiança de Samora e Sofia. Tentavam manter a calma, negar a evidência de que haviam perdido o controle da situação. Mortes gratuitas, fora de contexto. A invasão implacável da polícia, eles sabiam, aconteceria na manhã seguinte. A chuva intensa adiara a partida para o início da manhã, antes que a polícia chegasse. Impossível caminhar na mata, à noite, com aquele aguaceiro. Partiriam ao alvorecer. Ou logo que a chuva diminuísse de intensidade. A polícia não os encontraria ali quando chegasse.

Samora voltaria um dia para terminar seu trabalho, invadir a cidade, mudar o Brasil.

E procurar o pai.

Após beijá-la, Samora pegou o canivete e insistiu para que Sofia cortasse as tranças dele. Urgia que mudasse o visual para a fuga.

Enquanto Sofia cortava seu cabelo, Samora decidiu finalmente contar a ela toda a história. Agora não haveria mais segredos entre eles. O telefonema para a mãe, a certeza de que tinha matado o próprio pai e a história providencial narrada por Gláucia Corcovado, que lhe retirara o peso do mundo das costas.

Ele não gostava de andar pelo mato.

Ainda mais no escuro e com uma chuva daquelas. Aquilo não era chuva, era um dilúvio, um apocalipse, um juízo final.

E ele também não confiava totalmente naquele garoto alourado, naquele maluco surfista sem dedo. Alguém que já tinha pertencido ao exército inimigo.

Estaria conduzindo-o, a ele e a seus homens, a uma emboscada?
Não. Ele sabia que não.
A emboscada tinha outro endereço.
Mas não gostava de andar no mato à noite, sob chuva, guiado por um ex-inimigo.
Ex-inimigo não é a mesma coisa que amigo.
Alemão é alemão. Amigo é amigo.
Ele não entendia ambigüidades.
Ele escorregou numa pedra lisa.
Ele odiava mato. Queria viver no conforto, no bem-bom, na santa paz dos ares-condicionados e dos bailes funk. Longe da cadeia, de preferência, na luxúria dos haréns de mulatas e patricinhas chegadas no dindim. As marias metrancas.
É.
Ele odiava perder uma noite de sono para andar no mato, escorregar em pedras e tomar chuva no lombo.
Mas não perderia a oportunidade de matar um inimigo por nada nesse mundo.
Nada.

Sofia ouviu aquele relato maluco.
A história de Ramiro e Pena.
Caramba, como as coisas são loucas. O destino é tão engenhoso. Que megaonda. Aquela história dissipira a sensação de fracasso e medo que se apoderara de Sofia desde que Zé Luís e seus companheiros tinham sido executados.
Samora terminara de contar tudo. Olhava para Sofia na expectativa de uma redenção, de uma fisionomia que expressasse crença e confirmação.
"Samora, eu tenho uma coisa muito louca pra te dizer!"

A fisionomia dela ia além da crença e da confirmação. Sofia exultava, os olhos brilhavam como bombas explodindo.

"Mais louca do que essa que eu acabei de te contar?"

Sofia assentiu.

"O quê?"

Antes de falar, ela teve uma idéia melhor.

A chuva cessara, uma claridade fraca pairava sobre a floresta. Logo o dia nasceria e eles sairiam dali.

"Fala!", disse Samora.

E agora ela teve uma idéia ainda muito melhor.

"Peraí", disse. "Me espera aqui uns cinco minutos."

"Como assim? Já está clareando, temos que vazar."

"Cinco minutos, pelo amor de... quem é o cara que você mais admira no mundo?"

"Sei lá. O Che."

"Pelo amor do Che, Samora. Cinco minutos. Não vai demorar mais que isso, juro."

Samora não entendeu o motivo de toda aquela alegria e ansiedade. Melhor assim, melhor que encontrassem algum ânimo para prosseguir.

Sofia saiu da barraca.

Samora pegou o espelho, olhou-se. Ficara bem sem as tranças. Como um guerrilheiro da Frelimo.

Os garotos começavam a levantar acampamento, preparando as coisas para a retirada. Desarmando as barracas, recolhendo as roupas.

Sofia correu. Ele tinha de estar por perto. Que história esquisita. Que megamegaonda... Ela chegou ofegante ao ipê. A camiseta estava ali, vazia.

Ben Harper sorrindo com dentes largos.

O rasta tinha pegado a comida. Olhou em torno, ansiosa.

Chamou: "Oi! Oi, preciso falar com você!".

Pensou: Sogrão. Maluquice.
"Oi! É a Sofia. Cadê você?"
Ele apareceu. Desconfiado, molhado, coberto de sujeira e plantas. Silencioso como sempre. O homem arbóreo. Seu sogro.
"Tenho uma coisa incrível pra te contar", ela disse. "Você precisa conhecer uma pessoa."
Então ouviram os tiros. Muito próximos.
Tiros e tiros. Ali do lado.
Gritos.
Rajadas de tiros como pipoca estourando na panela.

8

Ele e seus homens miravam no peito e disparavam.
Algum ponto era atingido. Mirar na cabeça era desperdício de munição.
Os outros foram caindo. Um a um.
Não esperavam.
É.
Alguns se jogaram nas valas cheias de lama. Ficou mais fácil ainda. Foi disparando sem dó.
Que porra de valas eram aquelas? Eles tinham cavado aquilo? Estavam brincando de guerra?
A guerra é outra, compadre.
Deve ter sido idéia do crioulo mauricinho.
Otário é otário.
Os garotos agonizando nas valas. O sangue manchando a lama. Depois virando tudo lama do mesmo jeito.
É.
Vaca, o surfista sem dedo, estava com quase tanta gana quanto ele. Ele, o Cara de Rato. Rato, Vaca, a revolução dos bichos.

A gana do Vaca era matar a Maluca. A mulher que arrancou o dedo dele. Só porque ele tinha roubado uns CDs do crioulo mauricinho. O crioulo era rico, todo mundo sabia. Cortar um dedo por causa de uma bobagem dessas?

Desperdício. Sorte dele, o Cara de Rato. Mara Maluca ia saber quem mandava de verdade naqueles morros todos. Naquela floresta. Naquela cidade. Naquele mundo.

É.

Cadê ela?

Cara de Rato ia atirando. Mirando no peito. Às vezes dava umas rajadas rasteiras, à altura do chão, para atingir aquelas cabecinhas de fora da vala.

Que porra de valas eram aquelas? Queriam brincar de guerra?

Cadê ela?

A gana de Cara de Rato também era matar a Maluca.

Tinha andado horas no mato, no breu, tomando chuva, só pra isso. Tinha se arriscado, dado papo prum surfista sem dedo chamado Vaca, que disse que sabia onde a Maluca estava escondida. Um ex-soldado dela. Mutilado por ela. Que queria sentir na garganta o gosto do sangue dela.

É.

O Vaca tinha conseguido a informação com uma crioulinha do morro. Ingênua, entregou de bandeja, na moral. Atriz.

Atriz onde? Maior baranguinha gorda, se liga.

Mas fortaleceu o crime. Ajudou o Cara de Rato. Ganharia um presentinho no final: pica.

Vaca queria arrancar o coração da Mara Maluca e comer.

Mas tinha um problema: ele também queria. Ele, o Cara de Rato.

Quem achar primeiro leva. Esse era o combinado.

Cadê ela?

Apagando tudo o que encontrava pelo caminho. Não ia sobrar ninguém pros alemães se divertirem.
A bronca é nossa, brother.
É.
A gente mesmo resolve.

Wembley Medeiros não tinha pregado o olho durante a noite. Ficara deitado, fingindo consigo mesmo que descansava. Não queria despertar a mulher. Ficou quieto, no escuro, os ouvidos atentos ao barulho da chuva. A tempestade caíra forte no começo da noite, depois foi abrandando. Quando o dia raiou, já não caía água, só um chuvisco fino e imperceptível. Melhor assim. Não passariam calor.
Enquanto escovava os dentes, pensou no colombiano. O bandido tinha confiado nele. Que ingenuidade. Cuspiu na pia a água misturada com a espuma da pasta de dente. Àquela altura Perro Blanco estaria embarcando para Cartagena das Índias acompanhado por Ruy Herrera. Wembley olhou-se no espelho, sentindo na boca um gosto limpo e refrescante. Era um tira a serviço da sociedade. Não faria acordos com uma porra de um traficante terrorista colombiano que se dizia guerrilheiro.
A mulher preparou o café ainda de camisola, enquanto Wembley vestia os coldres com cuidado ali mesmo, na cozinha. Um à altura das costelas, outro no tornozelo direito. Guardou com reverência as duas Taurus PT58S, depois de checar se estavam devidamente municiadas. Ligou para os comandantes do Bope e do Core, as informações meteorológicas eram boas. Tudo pronto. Os helicópteros a postos desde a madrugada, alguns posicionados no heliponto da Lagoa e outros na sede da Polícia Civil, no centro da cidade. Partiriam ao seu comando. A mulher serviu o café, Wembley olhou o relógio. Bebeu rápido, sentindo o

líquido queimar a garganta. Hora de sair. Fez o sinal-da-cruz. Deu um beijo na testa da mulher. Ela disse: "Deus te proteja".

Cara de Rato encontrou Mara Maluca primeiro.

Ela e Pelinha estavam dentro da barraca, espreitando pela fresta da lona, esperando a hora de sair.

Cara de Rato viu de longe.

Ele era um animal cibernético, tinha uma visão de máquina. Química industrial atuando no cérebro e no sangue. Entranhando-se nos genes, interferindo na engenharia cósmica. Um mutante. Involuindo.

É.

Cara de rato, olho de lince. A revolução dos bichos.

Cara de Rato começou a metralhar a barraca, obrigando Mara Maluca e o garoto a saírem.

Pelinha saiu na frente, atirando para o lado.

Cara de Rato fulminou-o com uma rajada só.

Mara Maluca saiu atrás, atirando, uma Sig-sauer dourada em cada mão, gritando "Áááááááá" enquanto disparava, rodopiando o corpo numa dança ritual estranha e graciosa.

Meio índia, meio mulata, meio feia, meio bonita, meio homem, meio mulher.

Cara de Rato varou Mara Maluca de balas, sem parar, até ela cair sangrando, pálida, convulsionando o corpo no estertor.

Cara de Rato se aproximou da mulher caída e trêmula para desferir a rajada de misericórdia.

Foi atingido nas costas por vários tiros.

Os tiros pareciam pontos de fogo queimando a pele. Cara de Rato disse "caralho" ao perceber que estava apagando, virou o pescoço num esforço final para ver quem o atingira. Viu de relance o crioulo mauricinho antes de ficar tudo escuro.

* * *

Depois de matar Cara de Rato, Samora pulou para dentro de uma trincheira. Ofegante.

Havia dois garotos mortos ali.

Samora procurava Sofia com os olhos.

Mara Maluca caída. Pelinha, o Anjo. Quase todos os garotos atingidos. Mas ele não via Sofia.

Cara de Rato morto. Vários de seus homens também. Uma batalha sangrenta.

Aquilo não era a Batalha de Seattle. O buraco era mais embaixo. Do outro lado do hemisfério. Aqui e agora.

Cadê a Sofia?

Sensação louca, uma euforia e um pavor, adrenalina conduzindo suas ações. Um guerrilheiro de verdade precisa pensar. Pensar. Quem os teria traído? O Comando Vermelho? Por quê? Mara Maluca não se deixaria trair tão facilmente. Não tinha entregado a localização do acampamento.

Cadê a Sofia?

Samora olhava para os lados. Tiros, os garotos continuavam lutando.

Sentiam um prazer nisso. Deixando-se levar pela corrente do destino, como num rio. Para a morte, sempre. Nunca houve outra opção, certo? A corrente carregando todos em direção à morte, num curso inexorável.

Sofia tinha saído para fazer não sei o quê. Ele lembrava agora, ela tinho dito "cinco minutos, Samora, pelo amor do Che".

Cadê ela? Precisamos vazar, pensou Samora.

Como Cara de Rato descobrira o acampamento?

Olhou para a automática, estava sem munição. Suas mãos tremiam. O corpo inteiro tremia. Tentou pegar a Mauser da mão de um dos garotos mortos, mas a arma também estava descarregada. E então Samora viu o sujeito se aproximar da trincheira e apontar a submetralhadora para seu rosto.

Samora demorou alguns segundos para reconhecê-lo. Estava mais magro, com o cabelo curto e menos descolorido.

"Vaca?"

"E aí, Gringo?"

"Como você descobriu o acampamento?"

"A Chayene me contou."

"Por que isso, cara?"

Vaca não precisava explicar nada. Samora sabia. O dedinho.

Vaca disparou. Atirou até o fim da carga, depositando tudo na cabeça daquele crioulo arrogante metido a besta.

O prato que se come frio.

Samora não percebeu as balas perfurando seu crânio.

Ouviu um barulho vindo de longe crescendo de intensidade e volume. Gritos de índios e escravos. Urros de explorados, vítimas. Berros perdidos no tempo e no espaço, ruídos vagando sem rumo como um enorme monumento compacto de som indistinguível que se repete para sempre.

9

O lugar é conhecido como Boca do Inferno.

Nada que lembre um inferno. O lugar é plácido, embora vertiginoso. Falésias gigantes, longas escarpas de pedra fustigadas pelas águas do oceano Atlântico. Lá embaixo, onde as ondas arrebentam, pequenas grutas formadas por reentrâncias das pedras fazem ecoar o som das ondas. O resultado é uma vibração sonora grave, contínua e potente. Como o rugido de um demônio antigo. Um monstro marinho a agourar os navegantes.

O céu é azul, o vento frio e cortante.

O mar é o mesmo. O mesmo oceano Atlântico, mas ali ele é diferente. Um mar histórico de navegações épicas. Quase que se pode vislumbrar caravelas ao longe, no horizonte.

Ela gosta mais dos dias nublados e melancólicos, quando é possível avistar ao longe as borrascas. Nesses dias é mais provável a visão de caravelas perdidas, desviadas de rotas de Índias imaginárias.

Que onda.

De vez em quando ela e a mãe ficam ali, olhando o mar.

Quanto tempo faz?

Um ano? Dois?

O mar de Cascais fere como vidro quebrado.

Tavinho teve a idéia de se mudarem para Portugal. Conseguiu trabalho para ele e Lílian num escritório de arquitetura em Cascais. O escritório era de alguém que Tavinho conhecia do Rio, um arquiteto brasileiro que vivia há anos em Portugal.

Era preciso que fossem embora, para bem longe. Outro país. Tavinho teve a idéia.

Agora Sofia faz um curso de Ciências e Engenharia do Ambiente na Universidade Nova de Lisboa. De vez em quando viaja. A consciência política é mais evoluída na Europa. Os grupos de protesto, as organizações, os ativistas. Agora ela encontra as pessoas certas. As causas e os princípios. Estuda, mantém-se informada. Embarcará para a Holanda. Um congresso. Não perderá a palestra de Vananda Shiva.

Samora não acreditava em pacifistas.

Sofia e Samora. Não teria dado certo, de qualquer maneira. Eles nunca seriam Baader e Meinhoff. Ela nunca se acostumaria à vida nas Farcs, nas matas colombianas. Muito menos em Chiapas, no México, sob as ordens do subcomandante Marcos, preparando café para os guerrilheiros do EZLN. Comunicando-se em *tzotzil*. Nada disso.

Entre Che e Chris McCandless, acabou optando pelo Chris. De vez em quando pensa no homem arbóreo, o pai de Samora. O homem que salvou sua vida no dia do apocalipse. Que a escondeu daqueles garotos enlouquecidos, comandados por um surfista sem dedo. Eles a procuraram por horas. Até que a polícia e os helicópteros chegaram e mataram os garotos e o surfista. Uma carnificina. Mara Maluca, o Anjo, Pelinha e Samora mortos. E muitos mais. Depois que a polícia matou os garotos e o surfista, começou a procurar por Sofia. Mas o homem arbóreo era o próprio anjo da guarda da floresta da Tijuca. Ele já havia salvado a vida de Felipe, embora, naquela altura, ela ainda não soubesse disso.

O rasta sem nome e Sofia esconderam-se numa toca e não foram encontrados. Uma toca de tatu, disse ele.

Ela só se entregou à polícia dois dias depois. Já tinha reencontrado Lílian, Renato e Tavinho.

Foi inocentada.

Estava descontrolada emocionalmente, *nom compos mentis*.

A conversa do advogado convenceu os juízes. Chamaram-na para entrevistas, *talk-shows*, MTV.

Tudo longe agora, na borrasca.

O homem arbóreo deve continuar lá, na floresta tropical, vivendo uma vida de delírios, sem saber que um dos mortos naquele massacre era seu filho. Sofia tentou explicar, mas ele não entendeu. Se é que a história de Ramiro e Pena — contada por Gláucia Corcovado — era verdadeira, já que nunca foi devidamente checada. Maria McClintock, a mãe de Samora, depois do enterro, falou alguma coisa sobre um teste de DNA.

Para quê?

Sofia pensa na mãe. Lílian se concentra no trabalho: projeta jardins, desenha flores, imagina árvores brotando do vazio. Constrói paisagens.

Sofia escuta o rugido das ondas lá embaixo, batendo nas pedras. A erosão em seu trabalho contínuo.

Eles atravessam a ponte Rio–Niterói no Gol azul.
Renato dirige, Ilana a seu lado.
Agora ele dirige para ela. Leva-a até os clientes. Trabalham juntos, tiram dali seu sustento.

Renato pensa: o mundo não acabou, no fim das contas. Apenas se transformou em outra coisa.

Atravessam a ponte. Escutam o motor do carro e o som do relevo inconstante do asfalto. Pequenas variações sonoras.

Conversam sobre barulhos e cheiros. O cheiro do asfalto quente, por exemplo.

Renato sente-se feliz ao lado de Ilana e Felipe. Os três vivem num apartamento alugado, em Niterói. De vez em quando ele faz alguns freelances para a sua ex-agência de publicidade, nada que o absorva muito. Há algum tempo trabalha com disciplina e dedicação num romance, mas não comenta seu teor com ninguém. Nem com Ilana nem com Felipe, embora o filho insista em saber do que trata o livro. Comunica-se com Sofia por e-mail, e ela também se mostra curiosa sobre os escritos do pai. Isso só aumenta a determinação de Renato de manter o romance em sigilo. Pelo menos até que o considere pronto.

Renato olha o mar de cima da ponte enquanto dirige o Gol azul. As ondas como escamas de um imenso peixe prateado.

"Se você quiser eu conto a primeira frase."

"Você não disse que dá azar falar do livro antes de terminar?"

"Não é superstição. É medo de fragilizar os personagens e a história. Se eu falo, é como se tudo passasse a existir antes da hora. Não quero que meus personagens nasçam como bebês prematuros."

"Tudo bem. Eu espero ficar pronto e aí você lê pra mim. Não tenho pressa."

Ficam em silêncio.

Renato olha o mar mais uma vez.

"No futuro ele vai invadir a cidade", revela.

Ela contempla as lâmpadas acesas em torno do espelho.

Vê a si mesma refletida. Emagreceu. O cabelo grande, orgulhoso, aponta para cima como uma folhagem rebelde e dourada. Sentada numa cadeira de rodinhas, estende as pernas sobre a bancada do camarim. As unhas dos pés não são mais rubro-negras. O texto na mão. Relê as falas, bobagem, um comercial. Ainda não é uma atriz famosa, mas tem trabalhado bastante.

Agora ela não vive mais no morro. E está muito feliz com isso.

Nunca gostou daquele lugar. Sujeira, falta de infra-estrutura. Não entende por que turistas e artistas ficam tão fascinados com toda aquela miséria. Talvez porque não vivam na favela.

Caô.

Ela, a mãe e o irmão tiveram de sair do Morro do Café.

De vez em quando dá uma passada por lá. Revê amigos. O enredo não mudou, só os atores. Cenários e personagens continuam os mesmos. Polícia e bandido. O mau cheiro. Personagens contemplando eternamente a bela paisagem inútil.

Às vezes lembra do professor Humberto. Que cana maluco. Dando em cima dela. Disfarçado de professor. Bem ou mal, foi ele quem despertou nela a paixão pelo teatro. Como é mesmo aquele ditado? Deus escreve certo alguma coisa.

Agora está tudo bem, a não ser por uma pequena perturbação. Uma equação anestesiada em seu íntimo que nunca será capaz de solucionar: quando revelou a localização do acampamento a Vaca, estava sendo somente ingênua? Ou haveria um sentimento velado de vingança, um desejo profundo e nebuloso de que Sofia morresse? De que Samora, por ter rejeitado seu amor — talvez ele nunca tenha notado que Chayene era apaixonada por ele —, merecia alguma punição?

Ela contempla as lâmpadas acesas em torno do espelho. Gosta de camarins. Agora aquele é o seu hábitat. Camarins, palcos, estúdios. Textos. Palavras como blocos de gelo formando um iglu protetor ao seu redor.

De vez em quando lembra de como se sentia feia perto de Sofia. De como achava estranho seu nome comparado a Sofia ou Nina.

Agora ela gosta de Chayene.

É a única atriz que conhece que se chama Chayene.

Sofia há várias. Ninas de montão.

Chayene olha para si mesma refletida no espelho do camarim.

"*Psss...Eu já vou. Adeus. Quando eu me tornar uma grande atriz, venha me ver. Promete? Mas agora... já é tarde. Mal me agüento em pé... estou exausta, sinto fome.*"

Agradecimentos

Meus agradecimentos a Malu Mader, Nina Bellotto, Calvito Leal, João Mäder Bellotto e Antônio Mäder Bellotto, Marina Magesi, Amaury Fonseca Filho, Maria Cecília Caropreso, Luiz Schwarcz e Marta Garcia pelas sugestões, informações, colaboração, inspiração e boa vontade.

1ª EDIÇÃO [2007] 1 reimpressão

ESTA OBRA FOI COMPOSTA EM ELECTRA POR OSMANE GARCIA FILHO E IMPRESSA
PELA GRÁFICA BARTIRA EM OFSETE SOBRE PAPEL PÓLEN SOFT DA SUZANO PAPEL
E CELULOSE PARA A EDITORA SCHWARCZ EM OUTUBRO DE 2007